JN126034

万葉を楽しむ

高岡市万葉歴史館論集 20

高岡市万葉歴史館［編］

笠間書院

万葉を楽しむ【目次】

万葉を楽しむ

万葉を楽しむ

坂本信幸

 万葉を楽しむ

世界の古典文学の中で、『万葉集』ほど人々に楽しまれている古典はないだろう。それは、万葉集の特徴が、作者層において天皇から農民まで幅広い階層に及んでおり、様々な読者層に対応できる点、また、その内容において、「雑歌」「相聞」「挽歌」と人間の生から死にいたるさまざまなシーンの歌が収められていること、歌に詠み込まれた土地が東北から九州に至る日本各地に及んでおり、それぞれの土地に居住する人々にとって親しまれやすいこと、万葉歌の詠まれた時代が、後の時代の人が仮託したとされている仁徳天皇の皇后の磐姫皇后歌（巻二・八五〜八九）や雄略天皇歌（巻一・一）の伝説時代の歌を除いても、舒明天皇歌（巻一・二）から、万葉集最後の歌である天平宝字三年（七五九）作の大伴家持歌（巻二十・四五一六）までの約一三〇年間という長きに渡っており、その内容が多様であることなど、さまざまな

理由によるといえる。

『文学理論の研究』（京都大学人文科学研究所報告、一九六七年岩波書店刊）によると、人々が文学に対して求める要件（抄出）は、以下のような点である。

・特定の時代の社会が反映されていること
・人生に対する知識が供給されること
・人間がよく表現されていること
・人生や社会についての発見があること
・作中人物への共感をおぼえること
・言語表現が巧みであること
・自然描写が美しいこと
・日常生活からの離脱が経験されること
・想像力が刺激されること
・多様な生き方が同時に表現されていること

万葉集は、これらのことごとにほぼ対応する作品といえる。その楽しみ方は、以下のようにさまざまである。

「万葉集」のさまざまな楽しみ方

①万葉集の歌を読む（万葉歌を読んで鑑賞する。万葉に関する随筆や論文などを読む）。

②万葉集を学んで歌を詠む。

③万葉集の書を楽しむ（古筆・名筆を見て楽しむ。万葉の歌を書いて楽しむ）。

④万葉集の絵を楽しむ（万葉名画を見て楽しむ。万葉をテーマに描いて楽しむ）。

⑤万葉集の歌をうたう。

⑥万葉集の歌に曲を付ける。

⑦万葉の故地を訪ねる。

⑧万葉の景観を撮す。

⑨万葉衣装を楽しむ。

⑩万葉植物を楽しむ。

⑪古代食を味わう（古代食、万葉ゆかりの菓子）。

⑫万葉集の歌で遊ぶ。

等々。

①は万葉集の楽しみ方の最も基本となる楽しみ方である。歌を読んで、その内容を味わい鑑賞するものである。各新聞社が主催するカルチャーセンター、ＮＨＫのカルチャーセンターなどの万葉講座などで学ぶ楽しみもある。それが進むと万葉に関する随筆や論文などを読むことにもなり、さらには自分で随筆や論文を書くことにも進んでゆく。

②は、こんにちの多くの歌人の体験するところである。斎藤茂吉の『万葉秀歌』は茂吉自身の歌学びとして万葉集を学んだ結果生まれた著作であろうし、その『万葉秀歌』を読むことによって、歌作する歌人も多い。島木赤彦や土屋文明、吉野秀雄、吉井勇、その他、その歌作において万葉集を学ばなかった歌人はほとんどいない。

③は、万葉集が写本として伝来してきた関係から万葉集の古写本には文化遺産としての価値を有し、桂本万葉集を始めとして、藍紙本、元暦校本、天治本、尼崎本、春日懐紙、類聚古集、紀州本、天治本、金沢文庫本、等々、国宝や重要文化財の指定を受けた写本やそれに類する写本が多く、美術品として鑑賞される対象となっている。また、万葉集の写本は能書家の手になるものが多く、桂本や類聚古集ほか、書道の手本として用いられているものもある。

④は、例えば、近代美術シリーズ第９集の切手の図案となった安田靫彦の「飛鳥の春の額田王」の絵に代表されるように、万葉集をテーマとした絵画が多く存在する。中でも平成十三年九月十五日に明日香村に開館した奈良県立万葉文化館は、平山郁夫、加山又造、片岡球子など現代を代表する画家が、万

葉集の歌をモチーフにして描いた日本画を所蔵・展示しており、見て楽しむことができる施設である。また、大亦観風、富田利雄、鈴木靖將等の画伯は、万葉集をテーマとした絵画を積極的に描いている。こういった専門画家だけでなく、素人も万葉画を描いて楽しんでいるといえる。

⑤は、高岡市では毎年十月の第一金・土・日曜日に「高岡万葉まつり」を開催し、万葉集全二十巻朗唱の会を催している。高岡に学んだ朗誦会も、因幡万葉歴史館や大宰府万葉会などで行われているほか、ペギー葉山は「万葉の心を求めて」というレコードを出している。

⑥は、犬養孝の教え子であった岡本三千代が多くの万葉歌に作曲し、万葉歌がたり会として積極的にコンサートを行っているほか、新井満も万葉集をテーマにした曲を歌っている。歌枕直美、辻友子、なども万葉歌を詠っており、竹中信子と村尾コージの万葉ジャズの活躍などもある。

⑦は、万葉学会や上代文学会などの学会の臨地研究として行われる他、民間でも多くの万葉故地を歩く会が催されている。犬養孝選定の万葉故地を歩く会である「万葉の大和路を歩く会」は三十七年間の活動を二〇一八年三月に終えたが、その間延七万三千人の人々が参加して万葉故地の訪問を楽しんだ。南都銀行主催のチャリティー万葉旅行も、令和元年で六十六回を重ねている。

⑧は、カメラマニアの方々の楽しみとしてアマチュアの方々、プロカメラマン、それぞれ万葉故地や万葉歌の景観を被写体として作品作りを楽しんでいる。高岡市万葉歴史館でも「万葉のふるさと高岡フォトコンテスト」を平成二十五年から開催している。

万葉の故地には、奈良県高市郡明日香村の奥飛鳥の文化的景観や、滋賀県長浜市菅浦の湖岸集落景観、滋賀県高島市海津・西浜・知内の水辺景観、高島市針江・霜降の水辺景観などのように国指定の重要文化的景観があり、国指定史跡名勝も、奈良県橿原市の大和三山（香具山・畝傍山・耳成山）を始めとして、奈良市の平城宮跡、平城京朱雀大路跡、平城宮東院庭園、東大寺旧境内、桜井市の大神神社、明日香村の飛鳥池工房遺跡、川原寺跡、伝飛鳥板蓋宮跡、吉野町の吉野山、宮滝遺跡、御所市古瀬の巨勢寺塔跡、御所市高天の金剛山、大阪市の難波宮跡・附法円坂遺跡、滋賀県大津市の近江大津宮錦織遺跡、大津市滋賀里の崇福寺跡、甲賀市信楽町の紫香楽宮跡、福岡県太宰府市の水城、大宰府政庁跡、大野城跡、宮城県多賀城市の多賀城跡・附寺跡、京都府木津川市の神雄寺跡、茨城県鹿嶋市の鹿島神宮・附郡家跡、山梨県・静岡県の富士山、兵庫県神戸市の処女塚古墳、西求女塚古墳、和歌山県和歌山市の和歌浦、石川県羽咋市の寺家遺跡、福井県小浜市の後瀬山城跡、広島県福山市鞆町鞆、沼隈町の鞆公園、愛媛県松山市道後公園の湯築城跡、長崎県五島市の三井楽、対馬市美津島町の金田城跡、佐賀県唐津市鏡・東唐津・浜玉町浜崎の虹ノ松原、熊本県八代市の不知火及び水島、鹿児島県霧島市の隼人塚、鳥取県鳥取市国府町の因幡国庁址、栃木県栃木市の下野国府、茨城県石岡市の常陸国府跡、東京都府中市の武蔵国府跡、岐阜県不破郡垂井町の美濃国府跡、三重県伊賀市の伊賀国庁跡、鈴鹿市の伊勢国府跡、鹿児島県薩摩川内市の薩摩国分寺、等々と多く、何よりも富山県高岡市においては、有磯海が国指定名勝である。国指定天然記念物である島根県浜田市国分町の石見畳が浦も万葉故地である。

こういった史跡名勝の多くは、万葉歌に関わる「歌枕」の地として歴史的な日本の文化が重層的に加わった景観の場所であり、⑦や⑧の楽しみにも文化的意義が存することとなっている。

⑨は、「高岡万葉まつり」において古代衣装をまとって朗唱することで知られるが、大宰府万葉の会の恒例イベントである「梅花の宴」においても、手作りの万葉衣装を着用することになっており、因幡万葉歴史館ほかさまざまな場所で、古代衣装をまとっての朗誦が行われ楽しまれている。また、奈良国立博物館における「天平ファッションに親しもう」の発表をスタートに古代衣装を作製してきた山口千代子を中心としたグループの活動は、高岡市万葉歴史館、奈良県立万葉文化館、犬養万葉記念館、飛鳥万葉資料館、群馬県土屋文明記念館、大分県歴史資料館、島根県江津市などにおいての衣装展示など活発に行われ、高岡市万葉歴史館における「万葉衣装体験」も大人気である。

⑩は、万葉集には古今集や新古今集などの他の古典よりもはるかに多い百五十種をこえる植物が詠まれており、歌とともに植物を見たり調べたり育てたりして楽しむことができる。奈良市の春日大社の万葉植物園、山梨市万力公園の万葉の森、静岡県浜松市浜北区の万葉の森公園、千葉県市川市の市川市万葉植物園、宮城県黒川郡大衡村の昭和万葉の森の万葉植物園、等々、多くの市町村に万葉植物園が開園されているほか、兵庫県川西市矢問の猪名川万葉植物園は、木田隆夫が自宅の裏山を私設の万葉植物園として開園し百十種に及ぶ植物を栽培して楽しんでいる。

⑪は、現在の食生活にも万葉の時代からの食が伝わっているわけであって、春の食材であるわらび

は、

石走る　垂水の上の　さわらびの　萌え出づる春に　なりにけるかも　（巻八・一四一八）

という志貴皇子の歌で有名であり、また芹も

あかねさす　昼は田給びて　ぬばたまの　夜の暇に　摘める芹これ　（巻二十・四四五五）

という葛城王の歌で知られている。大伴旅人に

忘れ草　我が紐に付く　香具山の　古りにし里を　忘れむがため　（巻三・三三四）

と歌われた忘れ草（萱草）はこんにちあまり食材として用いられなくなっているが若葉はお浸しや和え物、サラダにして美味である。こんにちでは、雑草に一種としてしか見られないが、

忘れ草　垣もしみみに　植ゑたれど　醜の醜草　なほ恋ひにけり　（巻十二・三〇六二）

の歌によると、栽培する植物であったことが知られる。大伴家持によって

もののふの　八十娘子らが　汲みまがふ　寺井の上の　堅香子の花　（巻十九・四一四三）

と歌われた万葉の孤語である堅香子（かたくり）も北海道や東北地方の一部では春の食材として販売され、お浸しや和え物、天ぷらにして食べられている。田村大嬢によって

茅花抜く　浅茅が原の　つぼすみれ　今盛りなり　我が恋ふらくは　（巻八・一四四九）

と歌われた春に葉に先立って生じる茅草の花穂は食用になるが、こんにちほとんど食べられることはない。また、柿本人麻呂歌集に

君がため　浮沼の池の　菱摘むと　我が染めし袖　濡れにけるかも　（巻七・一二四九）

と歌われた菱は、タンパク質が多く、ビタミンB1、カルシウムも多い食材として昭和三十年代頃まではよく食べられていた。有間皇子の挽歌、

家にあれば　笥に盛る飯を　草枕　旅にしあれば　椎の葉に盛る　（巻二・一四二）

に見える椎も、その実をいまは食べることが少なくなったが、私の少年時代、高知県では冬に椎の実売りの屋台が出るほどに食べられていた。

魚においても、万葉歌に詠まれた魚ほ、ほぼこんにちにおいても食べられているが、その食べ方において、長意吉麻呂の「酢・醤・蒜・鯛・水葱を詠む歌」と題する歌に、

醤酢に　蒜搗き合てて　鯛願ふ　我にな見えそ　水葱の羹　（巻十六・三八二九）

とあるのは、高知県で用いられている葉にんにくをすり潰して酢味噌と和えた緑色のぬたと共通する。また、北原白秋の好物だったという有明海沿岸の「蟹漬」は、「蟹の為に痛みを述べて作る」という左注のある乞食者の詠の「……もむにれを　五百枝はぎ垂れ　天照るや　日の異に干し　さひづるや　韓臼に搗き　庭に立つ　手臼に搗き　おし照るや　難波の小江の　初垂を　辛く垂れ来て　陶人の　作れる瓶を　今日行きて　明日取り持ち来　我が目らに　塩塗りたまひ　腊はやすも　腊はやすも」（巻十六・三八八六）を想起させる珍味である。「能登国の歌」として見える

香島ねの　机の島の　しただみを　い拾ひ持ち来て　石もち　つつき破り　速川に　洗ひ濯ぎ　辛塩に　こごともみ　高坏に盛り　机に立てて　母にあへつや　目豆児の刀自　父にあへつや　身女児の刀自
（巻十六・三八八〇）

は、しただみと呼ばれる巻き貝の調理の仕方まで歌い込まれた民謡であるが、興味深いことに、能登地方ではこんにちでも食材として販売されているにもかかわらず、高岡市など富山方面ではしただみを食べる文化がない。しただみは、この歌のように生で食べることは危険であり、おおむね塩ゆでして、新潟県や島根県などの日本海側の県や、四国などでも普通に食べられている食材である。

　こういった万葉歌に見られる食材を楽しむ他に、万葉集ゆかりの菓子が全国にはある。高岡市でいうと、大野屋の「とこなつ」、引網香月堂の「万葉の梅園」、美都家の「家持巻」などがあり、氷見市にも、一個ずつの敷紙に越中万葉歌を記したぎんなん餅本舗おがやの「ぎんなん餅」がある。金沢市の諸江屋の落雁「万葉の花」や、和菓子村上の練り菓子「万葉（柚子）」は有名であるし、豊橋市の菓子舗「安礼の郷」は店名からして高市黒人の

いづくにか　舟泊てすらむ　安礼の崎　漕ぎたみ行きし　棚なし小舟
（巻一・五八）

にちなむが、販売する黒豆おかきの名称「二見の里」も、

妹（いも）も我（あれ）も　一つなれかも　三河（みかは）なる　二見（ふたみ）の道ゆ　別れかねつる　（巻三・二七六）

という黒人歌に拠る。桜井市の天平庵はみかさ（ドラ焼き）の「大和三山」を始め多くの万葉にちなむ菓子を作っているし、福岡市の如水庵も柚子餡の菓子「荒津の舞」、梅花の歌を外装紙に記した「筑紫もち」で知られている。公益財団法人有斐斎弘道館・旧三井家下鴨別邸運営コンソーシアム主催のもと（共催：京都市、公益財団法人京都市観光協会、古典の日推進委員会。後援：京都府。協力：文化庁地域文化創生本部）開催された、京菓子展「手のひらの自然―万葉集」2019では、「万葉集」をテーマに公募した京菓子作品が展示された。このように、全国に万葉にちなむ菓子が作られており、それを味わうのも万葉集の楽しみ方といえる。

⑫は、高岡市では、昭和五十四年（一九七九）の国際児童年を記念して、子供達に遊びを通して郷土の歴史と文化に触れ合ってもらいたいという願いから、万葉集に出てくる越中関連歌三百数十首の中から子供たちにもわかりやすく親しみやすい百首を選定し、カルタを作成。昭和五十五年から市内の小・中学生を対象として毎年一回「越中万葉かるた大会」を開催し、万葉集の歌で遊んでいる。小・中学校百五十名の参加でスタートした第一回大会から、年々参加者が増え、平成二十九年の第三十八回大会で

は、六六二名の参加者により、ギネスブックに登録されることとなった。参加者は第一回から数えてすでに延べ二万人をはるかに越え、第一回大会に参加した小学生はもう四十歳代の親となり、親子共に楽しむことができる遊びになっている。

大きくとらえれば、①から⑪までの楽しみ方も万葉歌による遊びととらえることができるのである。

 万葉集の「楽し」

万葉集には「楽し」という形容詞が十五例見られる。そのことについては、かつて「万葉集の『楽し』」(『万葉歌解』令和二年、塙書房刊)で論じた。

十五例のうち、柿本人麻呂の一例

矢釣山　木立も見えず　降りまがひ　雪の驟(さわ)ける　朝楽しも　(巻三・二六二)

を除くと、最初に「楽し」を歌に詠み込んだのは大伴旅人であり、しかも、人間の生き方に関わって最初に「楽し」を歌に詠み込んだのは、旅人であった。「大宰帥大伴卿、酒を讃むる歌十三首」に、

世間の　遊びの道に　楽しきは　酔ひ泣きするに　あるべかるらし　（巻三・三四七）
この世にし　楽しくあらば　来む世には　虫に鳥にも　我はなりなむ　（巻三・三四八）
生ける人　つひにも死ぬる　ものにあれば　今在る間は　楽しくをあらな　（巻三・三四九）

と見られる三首の歌は、妻を亡くした悲しみやさまざまな悲苦から解放され、乗り越えようとする歌であり、そこに旅人は意識的に「楽し」の語を含む歌を詠った。万葉語として定着させたのである。三四七歌の「遊びの道に　楽しきは」の箇所は、諸古写本「遊道尓　冷者」とあり、文字のままにスズシキハと訓む説のほか、諸説あり、「冷」を「怜」や「洽」の誤写としてさまざまな訓がなされていた。しかし、これは「怡」の字の誤写としてタノシと訓むべきであり、通常の文字といえる「樂」の字を用いずに、タノシの歌表記としては集中他に例を見ない「怡」の字を用いたのは、旅人の敬愛する竹林の七賢人の一人嵇康の「琴賦并序」（『文選』第十八巻）に三例の「怡」の用例を見、また、酒を「忘憂物」（陶潜「雑詩二首」『文選』第三十巻）とする陶潜の「帰去来」に、酒を酌む悦びを「引㆓壺觴㆒以自酌、眄㆓庭柯㆒以怡㆑顔」（壺觴を引き以て自ら酌み、庭柯を眄みて以て顔を怡ばす）と「怡」の字で表現した例があるなど、漢籍の享受に拠るものであった。また第二句の「遊びの道」という表現も、楊惲の「報㆓孫會宗㆒書」の「君子游㆑道、樂以忘㆑憂」（『文選』（第四十一巻）の「游道」を踏まえた、漢籍をもとにした翻読語であると考えられる。こういったことについては、拙稿「遊びの道に　楽しきは」（『萬葉』第二二八号、令和元年十月）に論じた。「楽し」の世界―それこそが旅人の余命の中で求めた世界であった。

その旅人歌に次いで「楽し」の語を歌中に詠み込んだのは、「梅花の歌三十二首」の冒頭を飾る

正月立ち　春の来らば　かくしこそ　梅を招きつつ　楽しき終へめ　（巻五・八一五）

という紀卿の歌であった。梅花の宴は、大宰帥大伴旅人の宅で旅人主催のもと催された宴であり、筆頭の主客である大弐紀卿は主人旅人の催す宴の趣旨を十分に理解していた。序文は、「于レ時、初春令月、氣淑風和。梅披二鏡前之粉一、蘭薫二珮後之香一」（時に、初春の令月にして、気淑く風和ぐ。梅は鏡前の粉を披き、蘭は珮後の香を薫らす）と始まるが、すでに諸氏の指摘するように、この序文は王羲之の「蘭亭集序」や張衡の「帰田賦」などを典拠として綴られていた。その「蘭亭集序」には、「是日也。天朗氣清、恵風和暢。仰観二宇宙之大一、俯察二品類之盛一。所二以遊レ目騁レ懐、足三以極二視聴之娯一。信可レ楽也」（是の日や、天朗らかに気清く、恵風和暢せり。仰ぎて宇宙の大なるを観、俯して品類の盛んなるを察す。目を遊ばしめ懐ひを騁する所以、以て視聴の娯しみを極むるに足れり。信に楽しむべきなり）と記され、また「帰田賦」には、「於レ是仲春令月、時和気清。原隰鬱茂、百草滋榮。王雎鼓レ翼、鶬鶊哀鳴。交レ頸頡頏、關關嚶嚶。於レ焉逍遙、聊以娯レ情」（是に於て、仲春令月、時和し気清し。原隰鬱茂し。百草滋栄す。王雎翼を鼓し、鶬鶊哀しみ鳴く。頸を交へて頡頏し、関関嚶嚶たり。焉に於て逍遥し、聊か以て情を娯しましむ）と続けられている。即ち、梅花の宴を旅人が催し

たのは、大宰府の諸人とともに文雅の遊びを楽しむことが目的であった。その意図するところを了知して劈頭を飾る紀卿は「……かくしこそ　梅を招きつつ　楽しき終へめ」（巻五・八一五）と詠じたのであった。

「梅花の歌三十二首」においては計三首「楽し」の例を見るが、その二首目荒氏稲布の歌は、梅花の詠歌が進んで中程に及んだときに、その元来の目的を再確認すべく「梅の花　折りてかざせる　諸人は今日の間は　楽しくあるべし」（巻五・八三二）と、宴に参会した諸人に促した歌であり、続く野氏宿奈麻呂歌はそれを承けて、劈頭の紀卿の詠に「年のはに　春の来らば　かくしこそ　梅をかざして　楽しく飲まめ」（巻五・八三三）と和したものである。また、「楽しく飲まめ」と和したのは、旅人の讃酒歌にも応じる意図があったと考えられる。

「梅花の歌三十二首」は、四首ずつの組合せとして考えると八組ある形態である。その前半部最後の四組目の第四首目の歌は、仮名書きの一群において

萬世尓（よろづよに）　得之波岐布得母（としはきふとも）　烏梅能波奈（うめのはな）　多由流己等奈久（たゆることなく）　佐吉和多留倍子（さきわたるべし）　（巻五・八三〇）

と、ここだけ「萬世」という訓字が用いられている。仮名書き主体歌巻である巻五には「よろづよ」の語例は四例であるが、八三〇歌以外は

ま玉なす　二つの石を　世の人に　示したまひて　余呂豆余尓　言ひ継ぐがねと……（巻五・八一三）

余呂豆余尓　語り継げとし　この岳に　領巾振りけらし　松浦佐用姫（巻五・八七三）

余呂豆余尓　いましたまひて　天の下　奏したまはね　朝廷去らずて（巻五・八七九）

と、「余呂豆余」と一字一音の表記がされており、八三〇の「萬世」の表記は異質である。表記において、ことさらに「萬世」を喚起しているのである。そこには、この梅花の宴という催しが萬世まで伝わる催しであることを標榜する意志があるといえはしないか。思えば、旅人の処女作ともいえる唯一の長歌には、

み吉野の　吉野の宮は　山からし　貴くあらし　川からし　さやけくあらし　天地と　長く久しく

萬代尓　変はらずあらむ　行幸の宮（巻三・三一五）

と「よろづよ」の語が用いられていた。

その前半部が終わって、後半部最初の一組となる五組目に

春なれば　うべも咲きたる　梅の花　君を思ふと　夜眠も寝なくに（巻五・八三一）

梅の花　折りてかざせる　諸人は　今日の間は　楽しくあるべし　（巻五・八三二）

年のはに　春の来らば　かくしこそ　梅をかざして　楽しく飲まめ　（巻五・八三三）

梅の花　今盛りなり　百鳥の　声の恋しき　春来るらし　（巻五・八三四）

と「楽し」の語が見えるのである。この一組は、八三一歌の「春なれば」や八三三歌の「春の来たらば」が一組目の「春の来たらば」（八一五）、「春されば」（八一八）を承けた表現となっており、前述のように八三二歌の「楽しくあるべし」、八三三歌の「梅をかざして　楽しく飲まめ」は、一組目の「梅を招きつつ楽しき終へめ」（八一五）を承けた表現となっている。言わば一組目に和するように歌われているのである。

人麻呂歌の一例を除いて、旅人歌と梅花の歌で「楽し」の用例は計六例。残る八例のうち、書持一例（巻十七・三九〇五）、家持三例（巻十八・四〇七一、巻十九・四一七四、四二七二）であり、大伴父子で全体の半数七例を占める。残る四例も、大伴池主一例（巻二十・四三〇〇）、家持の主催する宴での遊行女婦土師の一例（巻十八・四〇四七）、検税使大伴卿と筑波山に登った時の高橋虫麻呂の一例（巻九・一七五三）と、榎井王の一例（巻六・一〇一五）を除き、すべてが大伴旅人と家持周辺の者の例であった。

二 書持と家持の追和歌の「楽し」

その中で、書持の一例と家持の三例の中の一例は、「梅花の歌三十二首」に追和する歌である。

大宰の時の梅花に追和する新しき歌六首

み冬継ぎ　春は来れど　梅の花　君にしあらねば　招く人もなし　(巻十七・三九〇一)
梅の花　み山としみに　ありともや　かくのみ君は　見れど飽かにせむ　(巻十七・三九〇二)
春雨に　萌えし柳か　梅の花　ともに後れぬ　常の物かも　(巻十七・三九〇三)
梅の花　いつは折らじと　厭はねど　咲きの盛りは　惜しきものなり　(巻十七・三九〇四)
遊ぶ内の　楽しき庭に　梅柳　折りかざしてば　思ひなみかも　(巻十七・三九〇五)
み園生の　百木の梅の　散る花し　天に飛び上がり　雪と降りけむ　(巻十七・三九〇六)

右、十二年十二月九日に大伴宿祢書持作る。

筑紫の大宰の時の春苑梅歌に追和する一首

春の内の　楽しき終へは　梅の花　手折り招きつつ　遊ぶにあるべし　(巻十九・四一七四)

右の一首、二十七日に興に依りて作る。

書持歌は、天平十二年（七四〇）十二月九日（太陽暦の十三年一月四日）の作であり[1]、家持歌は、天平勝宝二年（七五〇）三月二十七日（太陽暦の五月十一日）の作であることが左注に記されており、家持歌も書持歌も梅の季節ではなく、その作歌の契機は不明であるが、書持歌が梅花の歌が詠まれた年から十年を経た年、家持歌が二十年を経た年と、偶然とは考えがたい共通点を持つ。さらにその両者の歌に共通して用いられた表現が注目される。三九〇一歌は、すでに諸氏の指摘するように、「梅花の歌三十二首」の冒頭歌である紀男人の

正月立ち　春の来らば　かくしこそ　梅を招きつつ　楽しき終へめ　（巻五・八一五）

に追和して、「正月立ち　春の来らば」に対し「み冬継ぎ　春は来れど」と歌い、「梅を招きつつ　楽しき終へめ」に対して「君にしあらねば　招く人もなし」と歌っており、一方家持の四一七四歌は、「楽しき終へめ」に対して「楽しき終へは」と「楽しき終へ」を主題にし、「梅を招きつつ」に対して「梅の花　手折り招きつつ」と具体的に述べ、「遊ぶにあるべし」と結んでおり、書持・家持とも紀男人の歌に追和する形である。

また、「楽し」の語をもつ書持歌は「遊ぶ内の　楽しき庭に　梅柳　折りかざしてば　思ひなみかも」（巻十七・三九〇五）と歌われており、紀男人の「楽しき」を承けただけでなく、「遊ぶ」という語が用いられている。家持は紀男人の歌に追和しつつ、書持の三九〇五歌の「遊ぶ内の」を承け、「春の内の――遊ぶにあるべし」と詠んだのである。三九〇五歌と四一七四歌ともに「楽し」と「遊ぶ」という語が詠み込まれている。その淵源は、父旅人の讃酒歌十三首のうちの一首「世間の　遊びの道に　楽しきは　酔ひ泣きするに　あるべかるらし」（巻三・三四七）という歌にあったといえる。

すなわち、書持も家持も、父旅人の求めた「楽し」の世界、―君子游道、樂以忘憂―の思いを承け継いでいたのであろう。

家持歌が「手折り招きつつ　遊ぶにあるべし」と歌うのに対し、書持歌は「君にしあらねば　招く人もなし」と否定的に歌っている。書持歌の「君にしあらねば」の「君」の解については、諸氏によって解釈が分かれている。『拾穂抄』に「君にしあらねは〻、大伴卿をしたふ心なるへし」と述べ、『考』にも「君は大伴卿をさす、そこにましまさねは、梅をめつる人もあらしといふなり」として、大伴旅人を指すとしていたのを、『略解』に「是れは巻五の大弐紀卿の、むつきたち春のきたらばかくしこそうめををりつつたのしきをへめ、と言へるに和へたるなり」と指摘し、『全釈』に「巻五の三十二首中の第一首、大弐紀卿の作。武都紀多知波流能吉多良婆可久斯許曾烏梅乎乎利都都多努之岐乎倍米（ムツキタチハルノキタラバカクシコソウメヲヲリツツタヌシキヲヘメ）（八一五）に和したのであらう。結句の君は大弐紀卿を指してゐるやうである。これを父の旅人の、故人となってゐることを詠んだとするのは当らない」として、以後『総釈』『窪田評釈』『全註釈』『注釈』『全集』『全注』『新大系』『釈注』など諸注釈が紀男人を指すと解してきた。しかし、『新編全集』は「このキミは梅の花を擬人化していう。『君を思ふと』（八三二）を受けたものか。『君ならずして』とあるほうが分り易い」と梅の花を指すとし、現代語訳も「冬に続いて　春は来たけれど　梅の花よ　そなたのほかには　招くべき人とてないわ」とする。それを承けて、鉄野昌弘氏は、

> 従来、この歌の作者紀卿が追和歌の「君」であると受け取って、全体を「冬に続いて春はやってきたけれど、梅の花を、（風流な）あなたではないので、客として招く人もありません。」（『全注』橋本達雄氏）と、解してきたのであった。しかしそれでは、梅を「をく」という態度を、自らは持ち得ないということになろう。あるいは、梅の花を招く人がいないということに、「梅の宴を開くべき時期が未だ到来しないこと、つまり梅が未開花であることをにおわせている。」とする説もある。しかし「をく」とは無論、開花を促すのではなく、梅を賓客として迎えることである。
>
> 紀卿の歌は、擬人化の趣向を中心とするのであって、その趣向は、当該歌にもそのまま受容されていると見るのが自然だろう。最近の新編古典全集本が、「キミは梅の花を擬人化していう。『君を思ふと』（八三二）を受けたものか。」と述べ、「冬に続いて春は来たけれど梅の花よそなたのほかには招くべき人とてないわ」と口語訳するような解釈が正当と思われる。それは、梅以外には向き合

う相手のいないことを端的に語る歌なのである。

（「追和大宰之時梅花新歌」『大伴家持「歌日誌」論考』平成19年、塙書房。初出平成10年5月）

とされたが、いかに擬人化とは言え、「梅の花　君にしあらねば　招くこともなし」ならばともかく、「梅の花よ　そなたのほかには　招くべき人とてない」と表現することは不自然である。しかもこれでは、君である梅の花が梅の花を招くということになり、矛盾した表現となる。

この「君」は、やはり八一五歌に追和して紀男人を指すものと考えるべきと思われる。本来は紀男人その人であって欲しいのであるが、男人ではないので、天平二年の梅花の宴のようには梅を招く人がいないという意であろう。しかしながら、梅の花は「み山としみに」咲き、見ても見飽きないだろうということで、新しく梅を賞でる歌を展開するのである。

紀男人は、『続日本紀』天平十年十月条に「甲午、大宰大弐正四位下紀朝臣男人卒しぬ」と見えるように、書持の歌が作られる二年前の十月三十日に逝去している。大宰府での梅花の宴から十年。同じように梅花の宴を開こうにも、「梅を招きつつ　楽しき終へめ」と詠った紀男人その人はもう居ないのである。それ故、梅を「招く人もなし」と詠じたのである。君でなくては（君にしあらねば）という表現には紀男人に対する称賛の心がある。梅花の宴を催した父旅人の意図を十分理解して八一五歌を詠った男人に対する敬意であり、「梅を『をく』という態度を、自らは持ち得ないということ」ではないのである。

宴は開かれなくても、文雅の遊びを楽しむことは可能である。書持の追和歌には集団性はない。個の歌として追和したのであろう。

同様に家持の追和歌も集団性はない。「興に依りて作る」とあるように感興を催して作った独詠歌である。その感興は、「筑紫の大宰の時の春苑梅歌」に対する感興と、書持の「大宰の時の梅花に追和する新しき歌」に対する感興であろう。その感興が天平勝宝二年三月二十七日に家持に湧いたのは何故か。「筑紫の大宰の時の春苑梅歌」から二十年という年数について、このような周年の意識が当時あったかということについては、持統天皇の朱鳥六年（六九二）三月三日の伊勢行幸と、文武天皇の大宝二年（七〇二）十月十日の三河行幸を思い起こせばよい。朱鳥六年は壬申の乱平定より十年を経た年、大宝二年は二十年を経た年であった。(2)

三月二十七日という日にちについては、『全注』（青木生子氏担当）は、家持の追和歌について、橋本達雄氏の説を引用し、

この一首は、立夏をすぎた頃なのに「春」「梅の花」を歌い、季節はずれである上に、春苑梅花の追和である点、一見唐突な場違いに思われる状況で作られている。これを「興に依りて作る」とことわっている。家持の中に湧いた興、つまり梅花の宴の歌に追和しているのはなぜなのか。前歌における大伴氏と関係深い丹比家から、父旅人、その父のもと幼少生い育った筑紫大宰府、そこでの最

も華やかな梅花の宴へと、思いの「興」が繰りひろげられていったのではないか。さらには、丹比家の人で大宰府の旅人とつながりをもった県守（4・五五五参照）から梅花の宴へと思いが展開したのではないかとみる説もある（橋本達雄「興の展開」『大伴家持作品論破』）。それに、弟書持の「大宰の時の梅花に追和する新しき歌六首」（17・三九〇一～三九〇六）に対して「興」を催していることは、ここにいうまでもない。

と述べておられる。私も家持歌の直前に載る「京の丹比の家に贈る歌一首」（巻十九・四一七三）と題する歌と関連があると思う。ただし、「大伴氏と関係深い丹比家から、父旅人、その父のもと幼少生い育った筑紫大宰府、そこでの最も華やかな梅花の宴へと、思いの『興』が繰りひろげられていった」とするのはこじつけた感じがある。父旅人を思い起こすのに、丹比を持ち出す必要はない。また県守から梅花の宴へと思いが展開したというのも、確かに五五五歌は旅人が県守に贈った歌であるが、「大宰帥大伴卿、大弐丹比県守卿の民部卿に遷任するに贈る歌」と題詞にあるように、歌が詠われたのは天平元年のことであり[3]、梅花の宴が催された時には大宰府に居らず、丹比家に贈る歌から県守を思い起こし、梅花の宴へと思いが展開するというのも納得できるものではない。

さきに、家持歌は紀男人の歌に追和しつつ、書持歌の「遊ぶ内の」を承け、「春の内の――遊ぶにあるべし」と詠んだと指摘したが、このことについては、家持歌の四五句において、「手折り招きつつ　遊ぶにあるべし」とうたわれているところに注意すべきと思われる。書持歌も家持歌も、「楽し」という語と「遊ぶ」という語を父旅人の用語として受け継いだわけであるが、「楽し」と「遊ぶ」は旅人の意図を汲んだ梅花の歌三十二首の用語でもあった。

集中の「遊ぶ」の用例三九首四〇例のうち、旅人の巻三・三四七歌をはじめとして、二二首二三例（0・575％）もの用例が大伴氏かその周辺に関係する。その中、梅花の宴での用例は六例と極めて多い数である。万葉集全体を約四五〇〇首として、「遊ぶ」の用例は三九首であるから、全体の約1％に満たないのに対し、梅花の歌二三首のうちの六例は、26％もの多さである。ほかは、山上憶良二例（一首中）、大伴四綱一例、大伴坂上郎女一例、高橋虫麻呂一例、家持九例、書持一例というのがその内訳である。明らかに梅花の宴での「遊ぶ」の語の使用は旅人の意図を汲んだ使用といえよう。

その「遊ぶ」の用例は、

梅の花　咲きたる園の　青柳を　縵にしつつ　遊び暮らさな
（巻五・八二五）少監土氏百村

人ごとに　折りかざしつつ　遊べども　いやめづらしき　梅の花かも
（巻五・八二八）大判事丹氏麻呂

春さらば　逢はむと思ひし　梅の花　今日の遊びに　相見つるかも
（巻五・八三五）藥師高氏義通

梅の花　手折りかざして　遊べども　飽き足らぬ日は　今日にしありけり
（巻五・八三六）陰陽師礒氏法麻呂

我がやどの　梅の下枝に　遊びつつ　うぐひす鳴くも　散らまく惜しみ（巻五・八四二）薩摩目高氏海人

梅の花　折りかざしつつ　諸人の　遊ぶを見れば　都しぞ思ふ

（巻五・八四三）土師氏御道

の六首であるが、その中で大判事丹氏麻呂の歌は、「折りかざしつつ遊べども」と詠われている。書持歌の「楽し」と「遊ぶ」の両語を含む歌は、「遊ぶ内の　楽しき庭に　梅柳　折りかざしてば　思ひなみかも（巻十七・三九〇五）と詠われていた。書持歌は、丹氏麻呂の歌を踏まえているといえる。

書持の追和歌六首は大宰府での梅花の歌三十二首を意識し、第一首と八一五歌、第六首と旅人歌の

我が園に　梅の花散る　ひさかたの　天より雪の　流れ来るかも

（巻五・八二二）

とが関わることについては古来指摘されてきた。それを『全釈』では、六首は三十二首中の六首に和したもので、上客と主人旅人との八一五から八二二に至る冒頭八首のうちの山上憶良の八一八歌と豊後守大伴大夫の八一九の二首を除く六首に順次対応するものと主張し、以来その説がおおむね支持されてきた。その説に従うと、書持の三九〇五歌は、笠沙弥の

青柳　梅との花を　折りかざし　飲みての後は　散りぬともよし

（巻五・八二一）

に対応することとなる。たしかに八二一歌は三九〇五歌と共通する語である「折りかざし」の三十二首における初出である点において、その対応が考えられるが、「遊ぶ」という語を有することにおいて、八二八歌との関連を重視したい。[4] 書持歌が丹氏の歌と関連することを知っていて、家持が書持歌に対する感興を持ったものとすれば、丹氏は「丹比」であり、それ故、「京の丹比の家に贈る歌一首」の直後に歌が載ることとなったのではないか。[5]

いずれにせよ、旅人の求めた風雅に「遊ぶ」道、「楽し」の世界は、書持や家持に受け継がれ、後期万葉に一つの光明を点しているといえるのである。

注1 左注の「右十二年十二月九日大伴宿祢書持作」は、元暦校本以外の諸古写本では「右十二年十一月九日大伴宿祢家持作」となっており、「書持作」か「家持作」かで説が分かれるが、橋本四郎「大伴書持追和の梅花歌」(『橋本四郎論文集万葉集編』昭和61年、角川書店。初出昭和58年12月)に、六首歌の語法的特徴を詳細に検討し、「いずれもが、『萬葉集』に最も多く残された家持の歌に一つとして認めがたいことは、六首の作者を家持とすることに関して大きなマイナス要因となる」とされた説に拠り、「右十二年十二月九日大伴宿祢書持作」とする。

2 史書には以下のように記す。
『日本書紀』持統六年(六九二)条

二月の丁酉（十一日）の朔にして丁未に、諸官に詔して曰はく、「三月三日を以ちて、伊勢に幸さむ。此の意を知りて、諸の衣物を備ふべし」とのたまふ。陰陽博士沙門法蔵・道基に銀二十両を賜ふ。

乙卯（十九日）に、刑部省に詔して、軽繫を赦したまふ。是の日に、中納言直大弐三輪朝臣高市麻呂、上表りて敢へて直言して、天皇の伊勢に幸さむとして、農時を妨げたまふことを諫争めまつる。

三月の丙寅の朔にして戊辰（三日）に、浄広肆広瀬王・直広参当麻真人智徳・直広肆紀朝臣弓張等を以ちて、留守官とす。是に、中納言大三輪朝臣高市麻呂、其の冠位を脱きて、朝に擎上げて、重ねて諫めて曰さく、「農作の節、車駕、以動すべからず」とまをす。

辛未（六日）に、天皇、諫に従ひたまはず、遂に伊勢に幸す。

『続日本紀』文武天皇大宝二年（七〇二）十月条

甲辰（十日）、太上天皇、参河国に幸したまふ。諸国をして今年の田租を出だすこと無からしむ。〇乙巳（十一日）、近江国、嘉禾を献る。畝異にして穂同じくせり。〇戊申（十四日）、律令を天下の諸国に頒ち下す。〇乙夘（二十一日）、詔したまはく、「上は曾祖より下は玄孫に至るまでに、奕世孝順なる者には、戸を挙りて復を給ひ、門閭に表旌して義家とす」とのたまふ。

十一月丙子（十三日）、行、尾張国に至りたまふ。尾治連若子麻呂・牛麻呂に姓宿禰を賜ふ。国守従五位下多治比真人水守に封一十戸。〇庚辰（十七日）、行、美濃国に至りたまふ。不破郡の大領宮勝木実に外従五位下を授く。国守従五位上石河朝臣子老に封一十戸。〇乙酉（二十二日）、行、伊勢国に至りたまふ。国守従五位上佐伯宿祢石湯に封一十戸を賜ふ。〇丁亥（二十四日）、伊賀国に至りたまふ。

行の経過ぐる尾張・美濃・伊勢・伊賀等の国の郡司と百姓とに、位を叙し禄賜ふこと各差有り。○戊子（二十五日）、車駕、参河より至りたまふ。駕に従へる騎士の調を免す。

十二月甲午（二日）、勅して曰はく、「九月九日・十二月三日は先帝の忌日なり。諸司、是の日に当りて廃務すべし」とのたまふ。…（中略）…○乙巳（十三日）、太上天皇、不豫したまふ。天下に大赦す。一百人の出家を度し、四畿内に金光明経を講かしむ。○甲寅（二十二日）、太上天皇崩りましぬ。遺詔したまはく、「素服・挙哀すること勿れ。内外の文武の官の釐務は常の如くせよ。喪葬の事は、務めて倹約に従へ」とのたまふ。

遺詔に倹約を述べた持統太上天皇が、持統六年に三輪高市麻呂の諫言を聞かずに農時の妨げになるにも関わらず敢行した伊勢行幸は、通過地の神郡と伊賀・伊勢・志摩の国造らに冠位を賜り調役を免除し、行幸に供奉した騎兵や諸国の荷丁と行宮建造の丁の調役も免除したほか、天下に大赦するなど、大がかりな行幸であった。宇陀・名張を経て伊賀・伊勢に行く道は、壬申の乱の時に夫の天武とたどった道に重なる。四月二日に壬申の乱の功臣大伴宿禰友国に直大弐を贈り、賻物を賜ったことも合わせて、この行幸は、持統にとっては、壬申の乱平定後二十年を記念した重要な行幸であった。さらに文武天皇の大宝二年に、その年崩御されるというような身でありながら三河方面に行幸したのも、この年が壬申の乱平定より三十年という節目の年であったからであろう。

3　『続日本紀』天平元年二月条に、「壬申（十一日）、大宰大弐正四位上多治比真人県守、左大弁正四位上石川朝臣石足、弾正尹従四位下大伴宿祢道足を権に参議とす」とあり、諸注釈に同時点での任命であろうとする。その後に赴任したのが、紀男人である。

4　橋本四郎氏（注1論文）は、「六首は大宰府の三十二首に対して、その主賓の歌に第一首で和し、主人の歌に結びの歌で和すことで、全体に対する追和の実を作り上げたものと認められる」のに対し、中間の四首は「特定の一首に和すというより、梅への関心のあり方において、むしろ批判的でさえあった」とされ笠沙弥歌との対応を否定し、中間四首は三九〇二と三九〇四とは、共に「梅の花」で歌い起こし、しかも三九〇二で予想したことを三九〇四で確認しており、また、三九〇三と三九〇五とは、「梅」と「柳」とを詠み込みつつ共に「かも」で歌を結んでおり、渡瀬昌忠氏が「流下型」と名づけられた構成に、結果的に一致する構成が認められるとする。そしてそこには、「ちらほら咲きから満開に至る次第を追いつつ、それぞれの時点につけての梅への思いが一貫した形で表現されている」とされる。

四首歌の構成はともかく、三九〇五歌が八二八歌を踏まえていることについては否定しがたいと考える。

書持の追和歌が天平十二年十二月九日作であるということについては、或いは紀男人の没後紀氏の氏上的立場となっていた男人の叔父紀麻路が、天平十二年十月の藤原広嗣の乱の最中の伊勢行幸の折に後騎兵大将軍を務めたことにより、前騎兵大将軍の任にあった藤原仲麻呂とともに十一月二十一日に正五位上に昇叙されたことが、何らかの契機になったかも知れない。

万葉集は怖くない

――狭野弟上娘子のことば択び――

影山尚之

一　はじめに

万葉集の楽しみかたは幾通りもあっていい。古代史に関心があれば大津皇子や長屋王など歴史上の人物に惹かれるだろうし、植物に造詣の深い方なら歌に詠まれた草木に注目するにちがいない。ゆかりの地を訪ねて目と舌を楽しませるのも豪儀だ。「天皇から一般庶民まで幅広い声を収録」の根強い言説は詭弁に過ぎないが、それでも後代の歌集より生活との接触面が大きいのは事実だから、現代の読者がそれぞれに備える生活体験を基にしつつ、万葉びとの暮らしと自らのそれとの距離を測ることで理解を深める読みかたも成り立つ。そういう意味では懐の深い歌集である。

万葉集はじつは古代の日本語を知る貴重な資料でもある。古事記や日本書紀など同時代の文献が残されてはいても、文章の骨格を中国語文に委ねるそれらから当時の「やまとことば」を抽出するには限界があり、木簡ほかの出土文字資料は断片に留まるため、七〜八世紀の日本語の実態を考究するときには、どうしても万葉集に頼らざるをえない。歌――律文――という文体上の制約はあっても、そこにはことばを連ねて文章を構成し、人が人に意志を伝え、いまだ化石化することなく生命を維持した言語表現の姿が観察されるからだ。

『時代別国語大辞典上代編』所収「上代語概説」は万葉集の総語彙量（漢語を除く）を約七四〇〇語と算定し、さらに上代語全体の語彙量を一五〇〇〇語程度と見積もっている。二〇一八年に第七版を刊行した『広辞苑』は約二十五万項目を立てているのでそれと比較すると貧弱に思えるが、現代日本人に二十五万語を使いこなす人はまずいない。試みに『広辞苑』を開いてみれば「愧死」（恥じ入って死ぬこと）「祇支」（尼僧が袈裟の下につける衣）だとか「ノータム」（航空機の安全運航のために関係機関が出す情報）「ノープリウス」（甲殻類の幼生で最初の発育段階のもの）だとか、まるで聞いたことのないことばに出会うことがあるが、『時代別』を引いて途方に暮れる経験はむしろ稀で、そこにはわれわれの理解範疇の語もしくは類推可能なことばが少なくない。つまり、万葉集の歌は現代の言語環境からそれほど遠くない地点に存在しているのである。

奈良時代というと若い人たちにとっては「めっちゃムカシ」で、半裸の男たちが「棍棒持ってマンモスを追いかけてる」ようすを想像した挙句に「スマホもコンビニもない時代になんか住まれへん」の反応をきまって示すのだけれど、そんなに敬遠しなくてもよいのに、と思う。万葉集に親しんでさえいれば、もし上代からの来訪者があったとしても、日常会話ぐらいは通じ合えるはず。つまり、万葉集は怖くないのである。

 中臣宅守と狭野弟上娘子の贈答歌

小稿は万葉集巻十五に収められた中臣宅守と狭野弟上娘子の贈答歌を対象とする。周知のとおり中臣宅守は天平十二年以前に勅勘を蒙って越前国へ配流され、都に残る妻・弟上娘子との間に消息を交わした。「万葉集目録」[1]は宅守が蔵部女嬬狭野弟上娘子を娶ってまもなく勅により流罪となったことを記す。万葉集だけが伝える情報である。

> 中臣朝臣宅守、蔵部の女嬬・狭野弟上娘子を娶りし時に、勅して流罪に断め、越前の国に流しき。是に、夫婦の別るること易く会ふこと難きを相嘆き、各慟しき情を陳べ、贈り答ふる歌六十三首。

宅守の処罰が婚姻そのものに起因するのか、それとは無関係に犯罪行為があったものか、右を拠りどころにして古くから問われてきたのだったが、「蔵部の女嬬」という娘子の所属官司と地位とが令の諸規

程に合致しない点、宅守のその後の足取りが政治的暗躍を推測させる点などもろもろ錯綜して、この配流に関する歴史的事実の追究を困難にしている。続日本紀天平十二年（七四〇）六月庚午（一五日）条に、

> 六月庚午、勅して曰はく、「朕八荒に君として臨み、万姓を奄ひ有つ。薄きを履み朽ちたるを馭め、情覆育に深し。……天下に大赦すべし。天平十二年六月十五日の戌時より以前の大辟以下は咸く赦除せ。……其れ、監臨主守自ら盗せると、監臨する所に盗せると、故殺人と、謀殺人の殺し訖れると、私鋳銭の作具既に備れると、強盗・窃盗と、他妻に姧せると、中衛舎人、左右兵衛、左右衛士、衛門府の衛士・門部、主帥、使部等とは赦の限りに在らず。……小野王・日奉弟日女・石上乙麻呂・牟牟礼大野・中臣宅守・飽海古良比は赦の限りに在らず」とのたまふ。

の記事があり、宅守に一定期間の下獄歴——ただし罪の軽重・流地は不明——を確かめられるから、史実とまったく乖離した位置から「目録」が起ち上がっているのでないとは知られるけれども、一方でその文章は、夫婦が離れればなれに暮らすことの悲傷・愁嘆を訴え合う六十三首の贈答歌に読者を誘うために用意されているのであり、客観的公正の立場から事実を証言する意志ははじめから持たれていない。

宅守が妻に届けた歌のうちには、

さすだけの　大宮人は　今もかも　人なぶりのみ　好みたるらむ　（巻十五・三七五八　宅守）

立ち反り　泣けども我は　験なみ　思ひわぶれて　寝る夜しそ多き　（巻十五・三七五九　宅守）

世間の　常の理　かくさまに　なり来にけらし　据ゑし種から　（巻十五・三七六一　宅守）

など事件の発端を暗示するかのごとき表現が含まれるが、ほんとうの罪状がどうであれ、いま対面することの叶わぬ妻に対しては「あいつらのせいで」と誰かを恨んでみたり、「あんなことさえしなければ」と一瞬を悔やんだり、あるいは「やっぱり俺が悪かった」と反省したりすることがどれも十分ありうるので、これらから真相に迫ることは所詮不可能である。

同じく続日本紀は宅守がもとの地位に復したうえに昇進を遂げた履歴を記す。配流事件から二十年ほど後のことだった。

……従六位上中臣朝臣宅守、……に並に従五位下。…　（天平宝字七年（七六三）正月壬子（九日）条）

宅守がいつ赦されて帰京したのか、弟上娘子との再会は実現したのか、そのあと二人はどのように暮らしたのか、読者としてはますます気になるところ(2)、しかし史書も万葉集もそれについてまったく言及しない。もどかしい。だが、ドラマやアニメのように明快な結末を描かないからこそ、この贈答が長い年月を越えて享受に堪えてきたのだともいえる。

もっとも、このあと小稿はそういう詮索には向かわない。稿者の関心は、当事者が互いの意思を伝達するにあたりどのようなことばを選択しているかという点に偏る。かかる特殊な境遇に置かれた男女が、心のうちをいかに切り取り、それにどんな形を与えたのか、いわば歌作の現場における思考の筋みちを辿ってみたいと思うのである。冒頭に上代日本語の話題を持ち出したのはその見通しに立ってのことだった。途中いくぶん煩わしい手続きを経ることがあるが、このような試みを万葉集の楽しみかたの一つに加えていただけると幸いである。

 「心に持つ」

中臣朝臣宅守と狭野弟上娘子との贈答歌

あしひきの　山路越えむと　する君を　心に持ちて　安けくもなし　（巻十五・三七二三）

〔安之比奇能　夜麻治古延牟等　須流君乎　許々呂尓毛知弖　夜須家久母奈之〕

君が行く　道の長手を　繰り畳ね　焼き滅ぼさむ　天の火もがも　（巻十五・三七二四）

我が背子し　けだし罷らば　白たへの　袖を振らさね　見つつ偲はむ　（巻十五・三七二五）

このころは　恋ひつつもあらむ　玉くしげ　明けてをちより　すべなかるべし　（巻十五・三七二六）

右の四首、娘子の別れに臨みて作る歌

贈答歌は右の娘子作四首をもって幕を開ける。二首目がとくによく知られていて、中学・高校の国語の教科書に採られることもある。夫との意想外で理不尽な別離を強制された新妻が、現在の不安と悲嘆を、明日からの絶望と憂悶を、絞り出すようにうたう四首。今にも頽（くずお）れそうな暗澹たる心境にあってかくうたい得たのは、鎖に繋がれ都を追われる宅守への惻隠（そくいん）が辛うじて自身の気丈を保たせたからであろうか。

　これから山を越えてゆこうと　するあなたのことを　心に持って　安らかではいられません
　あなたが行く　道の長い道のりを　たぐりよせて畳んで　焼き滅ぼしてしまいたい　そんな火があれば……
　私の旦那さまが　いよいよ都を出て行ったならその時は　その真っ白な袖を振ってくださいね　いつまでもそれを見てあなたを偲ぶのですから
　今のうちは　恋しいと思っていても生きていられます　でも明日の朝になったら　もうどうしようもなく心が乱れるにちがいありません

ここには、「あしひきの」「玉くしげ」の枕詞は用いられていても、およそ装飾的言辞を含まず、いずれも偽りのない心情が率直に言語化されているように見える。「道の長手」を「繰り畳」むとは意表を突く大胆な発想だが、それほどに強く宅守を引き留めたい衝動に発していることは容易に想像できよう。試みに王朝期の離別の歌と較べてみるなら、

物へまかりける人の送り、関山までし侍るとて　貫之
別れゆく　けふはまどひぬ　あふさかは　帰り来む日の　名にこそありけれ　（拾遺　別　三一四）

みちのくにへまかりける人、餞し侍りけるに　西行法師
君去なば　月待つとても　ながめやらむ　あづまの方の　夕暮れの空　（新古今　離別歌　八八五）

どちらに切実な悲別の情を汲み取れるかはもはや自明である。理知や美辞麗句ではない、実感のこもったことば、こういうところにこそ万葉集の魅力があるとすれば、それはそれでまちがっていない。

だが、ほんとうの「万葉らしさ」は別のところに見いだされなければならない。まずは一首目の第四句「心に持ちて（許々呂尓毛知弖）」に注意しよう。訣別を目睫にして娘子は「あなたのことを心に持っていると安らかでいられない」と訴えるのだが、表現は一見平易でありながら、「心に持つ」とはいくぶん

奇妙な言い回しではないか。人が何かを「持つ」とき、それを引き受ける器官は主に「手」であり、時として「腕」「肩」が代行することはあっても、身体の外側にない「心」が負担することはできないはずである。この小さくない違和感を、むかしの歌だからと納得してしまうとすると、それは正しい態度ではない。

「心に思う」とか「心に刻む」とかは現代日本語にもあり、別に「心持ち」という語（心がけ、気分などの意）も思い合わされるけれども、ある対象を「心」に「持つ」と表現することはふつうはない。「心」を目的格にとるものならば万葉集中に、

…さなかづら　後も逢はむと　慰むる　心を持ちて　ま袖もち　床打ち払ひ…　（巻十三・三二八〇）

鎌倉の　見越の崎の　岩くえの　君が悔ゆべき　心は持たじ　（巻十四・三三六五）

などが拾え、「心」を有形のものと捉える発想のあったことを知るが、「心に持つ」は万葉集だけでなく後の勅撰和歌集、私家集・私撰集に目を向けても見出されない、孤立的で個性的な表現である。

この特殊性（特異性）については、すでに平舘英子氏が的確に指摘している。

「〜に持つ」という表現は「手に持つ」が一般的で、「心に持つ」は集中唯一例。「手に持つ」が「手に

もてる我が子飛ばしつ」（5・九〇四）のように手を離すまではその重量感を感じていることを推測させる表現であることから、「心に持つ」は山路を越えてゆく宅守の苦難を重く実感している表現。(3)娘子の深刻で痛切な嘆きの実感がこの微細な表現に担われていることを見過ごしてはなるまい。仮に現代日本語の「心に刻む」あるいは「心に留める」「心に染む」などと入れ替えてみても同じ含みをあらわすことができないのは、この表現が放つ鮮烈な個性ゆえと考えられる。

　ここでの「心」は精神的な意味のそれではなく、形のある実体を指している。宮地敦子氏は古事記歌謡や万葉集に見られる「肝向ふ―ココロ」の例を分析して、ココロを「腹中にあってキモと向かい合い、物思う場所であった」と認定した。(4)つまりそれは臓器としてのココロ、有形の物象の謂である。

…ココロは、動悸し（万葉集・四〇八九、興福寺本霊異記訓など）、痛み（万葉集・三五四二など）、くだける（万葉集・三八一二）ものであった。このばあいのココロは臓器――今日の「心臓（シンゾウ）」――をあらわす側面をもっていたとみとめられるであろう。もっとも、ココロは、思い（万葉集・三八四二など）、知り（万葉集・三六六など）、かなしみ（万葉集・三六三九など）、いきどおる（万葉集・四一五四）ものであったことは今更いうまでもあるまい。

同氏は「心を痛み」「心砕けて」「心に乗る」などが臓器としての意味を残した「即物的な表現」であると説いており、これに倣っていえば当面の「心に持つ」もまた「即物的表現」に加えるのがよいであろう。「中古以降の文献によると、臓器としてのココロの例を見出すことはむずかしい」とする氏の見通しが正しければ、後の和歌にこの表現が継承されないのはそのことと関係していた可能性がある。

念のため動詞「持つ」について小学館『日本国語大辞典第二版』を確かめておく。そこには、

①自分の手の中に入れて保っている。手に取る。所持する。
②身につける。身に帯びる。携帯する。携行する。
③自分の物とする。所有する。
④そこなったり、変質したりしないようにして保つ。はじめの状態、また、よい状態で保つ。維持する。
⑤使う。用いる。
⑥ある考え、気持ちなどを心にいだく。
⑦引き受ける。受け持つ。担当する。負担する。　（⑧⑨⑩は省略）

の解説が施され、当該「心に持つ」は⑥に分類されている。また、森田良行氏『基礎日本語辞典』（角川学

芸出版）はこの語の中核的意義を「対象を手中に収め、そのままの状態で維持すること」であるとし、
〔AガCヲ持つ〕の他動詞文型において、

（1）主体が対象Cを直接手にする行為

の意から、

（2）手にして出かける　携える、持参する、携行する

という意味に展開し、さらに、

（3）一定期間自己のものとする　所有する

の意へ移行すると説く。万葉集中に一四〇例ほどを数える動詞「持つ」を検討しても、その大半が右の説明の範囲に収まることを確認できる。ア〜カはその用例の一部、ただし便宜上右の符号（1）〜（3）を付記してみたが、それぞれの境界は必ずしも鮮明ではない。

ア　梓弓（あづさゆみ）　手に取り持ちて　ますらをの　さつ矢手挟み（たばさ）　立ち向かふ　高円山（たかまとやま）に…　（巻二・二三〇）―（1）

イ　なでしこが　その花にもが　朝な朝な（さ）　手に取り持ちて　恋ひぬ日なけむ　（巻三・四〇八）―（1）

ウ　故郷（ふるさと）の　初もみち葉を　手折り（たを）持ち　今日そ我が来し　見ぬ人のため　（巻十・二二一六）―（2）

エ　家風（いへかぜ）は　日に日に吹けど　我妹子（わぎもこ）が　家言（いへごと）持ちて　来る人もなし　（巻二十・四三五三）―（2）

オ　まそ鏡　持てれど我は　験なし　君が徒歩より　なづみ行く見れば　（巻十三・三三一六）―(3)

カ　白たへの　我が下衣　失はず　持てれ我が背子　直に逢ふまでに　（巻十五・三七五二）―(3)

注視すべきは、『基礎日本語辞典』が指摘するとおり、「持つ」の中核に「かなり長い一定期間、身に帯びている継続・維持の状態性を表す」意が含まれる点である。平舘氏が指摘した「重量」もむろん有効な観点だが、むしろその重量感が瞬時に消滅するのでなく持続するところにこの表現のかなめがあろう。さらに言えば、当然のことながら「持つ」行為は主体の明確な意志に基づいており、偶発的な所有・携行という現象は考えにくい。主体は自覚的意志をもって隻手また双手を操作し、対象を把捉し、把捉した対象を一定期間保持するのである。それを「心に持つ」に即して言い換えるなら、主体の意志に基づいて、あたかも手による操作のごとくに対象をココロがしっかりと把捉し、そののちも対象をココロに留め置いて離さない、ということになるだろう。

文脈の上では「（心に）掛く」「心に乗る」への置換があるいは可能であったかもしれない。だが、

山越しの　風を時じみ　寝る夜おちず　家なる妹を　かけて偲ひつ　（巻一・六）

玉だすき　かけねば苦し　かけたれば　継ぎて見まくの　欲しき君かも　（巻十二・二九九二）

恐きや　天の御門を　かけつれば　音のみし泣かゆ　朝夕にして　（巻二十・四四八〇）

「かく」は「思慕・憐憫・恩情・信頼・期待などの心を、対象に向ける」（小学館『古語大辞典』）意であり、現代日本語の「気に掛ける」がおおむねこれに相当、右の諸例からは対象を心にカク主体の行為に随意性もしくは臨時性が印象づけられる。とくに第二例は「かく」「かけぬ」が択一的に提示されていて、「心に持つ」に汲み取られる意志性・持続性および動作性に較べるとき、主体の嘆きの深刻度が減退することは否めまい。一方、「心に乗る」は万葉集に特徴的な慣用表現であり[5]、心中における対象の持続的滞留を意味するものの、

東人（あづまと）の　荷前（のさき）の箱の　荷の緒にも　妹は心に　乗りにけるかも　（巻二・一〇〇）
春されば　しだり柳の　とををにも　妹は心に　乗りにけるかも　（巻十・一八九六）
ももしきの　大宮人は　多かれど　心に乗りて　思ほゆる妹　（巻四・六九一）

これらはいわば、気づいてみると妹がいつの間にか我が心に位置を占めていた、と詠嘆するもので、主体による意志的行為を示さない。自動詞「乗る」と他動詞「持つ」の表現性の差がここに露わである。

弟上娘子が以上のような計算を巡らせたうえで「心に持つ」を選択したのかどうかは分からないが、結果的に和歌表現としては未成熟で違和感の残る言い回しを、しかしながら自身の現在の内面を言い取るに他への置き換えを許さない唯一の表現ということで採用したのであろう。歌群冒頭にこれが据えら

れるとき、娘子の「心」を占拠する深刻な恋着と悲嘆は自ずから歌群全体に貫流するしくみとなり、それを前提にしていちいちの詠を読むことが読者に課されるのである。

 「心」「魂」「胸」

ところで、贈答歌群中に「心」の語は全六例、うち娘子の使用例は前掲三七二三歌のみで、他はすべて宅守歌に出現する。

A　我が身こそ　関山越えて　ここにあらめ　心は妹に　寄りにしものを　（巻十五・三七五七）
B　山川を　中に隔りて　遠くとも　心を近く　思ほせ我妹　（巻十五・三七六四）
C　あらたまの　年の緒長く　逢はざれど　異しき心を　我が思はなくに　（巻十五・三七七五）
D　心なき　鳥にそありける　ほととぎす　物思ふ時に　鳴くべきものか　（巻十五・三七八四）
E　ほととぎす　間しまし置け　汝が鳴けば　我が思ふ心　いたもすべなし　（巻十五・三七八五）

宅守作歌四十首中に五首の割合は、あくまで主観的印象だが、けっして小さくないと思える。たとえば山部赤人の短歌（長歌に対する反歌を含む）三十六首に「心」は一度も用いられず、高市黒人十八首については類義「うら」（巻一・三）一例を見るのみ、巻十五遣新羅使人歌群全一四五首（長歌を含む）にあっても四首にしか用いられていない。

弟上娘子はしかし、「心」の代わりに「魂（たましひ）」の語を用い、「胸痛し」ともうたった。

魂（たましひ）は　朝夕（あしたゆふへ）に　賜（たま）ふれど　我が胸痛し　恋の繁（しげ）きに　（巻十五・三七六七）

〔多麻之比波　安之多由布敝尓　多麻布礼杼　安我牟祢伊多之　古非能之氣吉尓〕

「たましひ」は和名抄に「魂神淮南子云、天気為魂〔多末之比〕」とあり、名義抄では「識」「神」「精」「霊」「魄」「性」「魔」「魂魄」と多種の字に同訓を付しているが、万葉集中に確実に「たましひ」と訓読できる事例は当該歌のみ、同義には専ら二音節の「たま」が用いられる。(6) もっとも古今集には、

恋しきに　侘びてたましひ　迷ひなば　空しきからの　名にや残らむ　（古今　恋二　五七一）

飽かざりし　袖のなかにや　入りにけむ　わがたましひの　なき心地する　（古今　雑歌下　九九二）

があり、そのほか八代集中に、

恋ひて寝る　夢路に通ふ　たましひの　馴るるかひなく　疎き君かな　（後撰　恋四　八六八）

送りては　帰れと思ひし　たましひの　行きさすらひて　今朝はなきかな　（金葉　恋部下　四七三）

を見るので、徐々に和歌に馴染む語となってゆくようだ。(7) 蜻蛉日記上巻冒頭には、

かたちとても人にも似ず、心だましひもあるにもあらで、かうものの要にもあらであるもことはりと思ひつつ…

の例を見る。

澤瀉久孝『萬葉集注釈』は一首を口訳して、

私のあこがれ行く魂は、朝に夕に、鎭魂をするけれど、私の胸は痛みます。戀がはげしいので。

としたが（傍線影山）、これは『萬葉集古義』が「多麻布禮杼（タマフレド）は、鎭魂祭の祈禱（イノリ）をすれどもの意なり」とし、『萬葉集全釈』に「魂を鎮めるけれどの意。上代人は魂は肉躰から遊離するものと考へてゐた。だからそれを肉躰に落付ける必要がある」と説いたところを継承する解釈で、日本書紀天武天皇十四年十一

月丙寅条「是日、為天皇招魂之」に付された古訓「ミタマフリシキ」ならびに釋日本紀巻二十一秘訓「招魂ミタマフリス」などに根拠を求めるもの。近年の注解では吉井巖氏『萬葉集全注巻第十五』がこれを支持している。しかし、「魂ヲ魂フル」の語の重複はいかにも煩わしく、加えて鎮魂という発想自体が恋慕を伝え合う相聞に相応しいとも思われない。小学館新編全集に「賜ふれど—賜フレは、頂戴する意の謙譲動詞」と判断し、

お気持ちは　朝夕いつも　身に感じていますが　わたしは胸が痛くてなりません　恋が絶えないので

とするのが近時多く採られる解であり、こちらが穏当である。

この場合の「たましひ」は『萬葉代匠記』(精撰本) が「タマシヒトハ、思ヒオコスル心サシナリ」と注したとおり自身を思い気遣う宅守の「心」のことをいうのだろう。もとより形のない「心」、すなわちそれは、宅守より受け取る贈歌のすべて——歌群内に留められていないさまざまなことばを含んで——から汲み取られる心情を指すと見てもよいが、この歌に先行する十三首の宅守歌（三七五四〜三七六六）中に前掲A・B二首が位置する点を重視すれば、直接にはそれを言い換えて「たましひ」とうたったと理解するべきではないか。つまりこういう対応関係である。

宅守 我が身こそ　関山越えて　ここにあらめ　心は妹に　寄りにしものを　―A　（巻十五・三七五七）

宅守 山川を　中に隔りて　遠くとも　心を近く　思ほせ我妹　―B　（巻十五・三七六四）

娘子 魂は　朝夕に　賜ふれど　我が胸痛し　恋の繁きに　（巻十五・三七六七）

先に引いた平安和歌の例によれば、「たましひ」は時に「迷ひ」、時に身よりあくがれ出て「袖のなか」に入り、あるいは「夢路」を通い、さらには「行きさすら」うものと認識されていたから、宅守歌A「心は妹に寄りにしものを」、B「心を近く思ほせ我妹」に看取される、自身から都の娘子のもとへ「心」が近寄ってゆくという趣きは、その遊離してゆく「たましひ」の条件に正しく合致していると言えよう。収録位置（括り）の異なるC・D・E三例にそのニュアンスを含まないことは明白だ。そうだとすると、娘子がここに「心」――たとえば「みこころ」など――ではなくて、万葉集にあっては新鮮な響きを放つ語を選択した意図がよくわかる。宅守の「心」が夫の身を離れてたしかにこちらへ――都へ――届いていると告げるには、単純に「心」を反復したのでは意を尽くさず、あくがれ流離う「たましひ」こそが適切にして最良の用語だったのである。まさに歌を贈り答える営みが促した用語選択と見届けられる。

当該歌がほぼ同義の「心痛し」を排して「胸痛し」を採ったのも、おそらく同様の事由に拠るものであろう。宮地氏前掲論文は「心痛し」のココロが臓器を意味する「即物的」表現であるとしたが、「胸痛し」のムネもまた一義的には身体の部位をあらわし、かつ精神的意義を担うことがある。万葉集にはふたつの表現が併存する。

時はしも　何時もあらむを　心痛く　い行く我妹か　みどり子を置きて　（巻三・四六七　家持）

今朝の朝明　雁が音聞きつ　春日山　もみちにけらし　我が心痛し　（巻八・一五一三　穂積皇子）

…玉桙の　道行く我は　白雲の　たなびく山を　岩根踏み　越え隔りなば　恋しけく　日の長けむそ　そこ思へば　心し痛し…　（巻十七・四〇〇六　家持）

…あしひきの　山路をさして　入り日なす　隠りにしかば　そこ思ふに　胸こそ痛き　言ひも得ず　名付けも知らず　跡もなき　世間なれば　せむすべもなし　（巻三・四六六　家持）

…なにすとか　一日一夜も　離り居て　嘆き恋ふらむ　ここ思へば　胸こそ痛き　そこ故に　心和ぐやと　高円の　山にも野にも　うち行きて　遊びあるけど…　（巻八・一六二九　家持）

家持作歌が双方に跨がってあり、「そこ（ここ）思へば」「そこ思ふに」に導かれる文脈の近似を勘案すると、音数調整や同語重複回避などの事情はあっても、両者が意味領域をほぼ同じくしており、いずれを選択しても表現価の変更を生じることはないと見て誤るまい。

かかる環境下で娘子歌が「胸痛し」に拠った意図・事情を小稿は次のように推算する。「心」の精神的側面を表立てて構想された宅守歌に応じるに、娘子歌が「即物的」なココロの感覚（痛覚）をいう「心痛し」を用いては、意味の混線を生じて不具合である。宅守より届いた「心」を「たましひ」に言い換え、自身を思いやる夫の心情を十分に実感したうえでなお止むことのない辛苦を訴えるには、意味の衝突を起こさない「胸痛し」が穏当と判断されたのではないか。

「胸」の語は、

今更(いまさら)に　妹に逢はめやと　思へかも　ここだく我が胸　いぶせくあるらむ　（巻四・六一一　家持）

のように心情語と連合して精神的辛苦をあらわすことがある一方で、

夜のほどろ　出(い)でつつ来らく　度(たび)まねく　なれば我が胸　切り焼くごとし　（巻四・七五五　家持）
ぬばたまの　寝(い)ねてし夕(よひ)の　物思(ものもひ)に　裂けにし胸は　止(や)む時もなし　（巻十二・二八七八）
聞きしより　物を思へば　我が胸は　割れて砕けて　利心(とごころ)もなし　（巻十二・二八九四）
我妹子に　恋ひすべながり　胸を熱み　朝戸開(あさとあ)くれば　見ゆる霧かも　（巻十二・三〇三四）

など具象性豊かな表現を多彩に創造してゆく。「切り焼く」「裂く」「割る」「砕く」「熱し」はいうまでもなく身体部位としてのムネと結合し、その肉体的痛苦の切迫的実感をもって主体の心理的痛苦の譬喩とするものであり、「胸痛し」もまたこれらと同列にある。ココロに比してムネは身体の外部すなわち「セナカ・ハラなどと同様に、胴体のうちで外側から見える部分」（宮地氏前掲論文）であるだけに、右のごとく肉体的具象性をより強く印象付ける性質を持ち得たのだろう。「心砕けて」の例はあっても（巻四・七二〇など）、このように過激な語と「心」が結合することはない。

娘子歌の主眼は、宅守から届く「心」――形のない心――だけでは解消も救済もされない辛苦を訴えるところにある。自らの心の内なる悲しみも嘆きもまた形を持たないが、そこにリアリティーをこめるには、精神的痛苦を肉体的痛苦に変換して示すことが効果的だった。「胸痛し」の選択は「たましひ」の語の選択と連動して、娘子にとってはやはり他に置き換えてはならない表現であったのだろう。

 おわりに

狭野弟上娘子の歌から二首だけを取り出してその用語選択の意識をたずね、思考の筋みちを辿ろうと試みてきた。述べたことのうちには、行き届かない点があろうし、反対に読み過ぎている部分もあるだろう。だが、個々のことば――われわれの理解語彙に含まれることば――に即して所与の表現を解析するかぎりは、万葉びとの意図をまるでかけ離れた誤読に陥る懸念はあまりない。「天」が「地」をあらわし、「和」が「乱」を意味するほどの大きな意味変化は日本語の上にいちども生起していないのだから。

万葉集は怖くない。入門書や現代語訳によって楽しむのもいいけれど、万葉びとが心を砕いて紡いだ言語表現に直に接してみなければ味わえない楽しみがある。それを体験してみたら、彼らがマンモスなど追いかけていないこともわかるにちがいない。

注1　「万葉集目録」は万葉集の編纂過程で作成されたものではなく、流布の段階で後次的に付されたと考えられるが、その時期については不明。

2　浅見徹氏「中臣宅守の独詠歌」(『万葉集の表現と受容』和泉書院、二〇〇七年)は、六十三首歌群の終結部が両者の贈答でなく宅守独詠七首である点に問題を見いだし、「寄花鳥陳思作歌」を「狭野娘子が既に死んで此の世には亡いという状況の中で詠まれた」という理解を提案する。

これらが物語性をもった歌群として享受されたとしたとき、この悲恋の結末が語られないのはおかしい。「割れても末に逢はむと」願い、そのようになったとしたら、少女小説のレベルである。再会を待ち望む娘子が、間もなくその機会が訪れるであろうことも知らぬままにはかない生を終えたとするのが、悲劇性を高める締めくくりとして、もっとも有効であろう。

帰京と再会に言及しようとしない歌群はそのような受け取りかたをも容認するという意味で、右の提案を評価したい。

3　『セミナー万葉の歌人と作品　第十二巻　万葉秀歌抄』(和泉書院、二〇〇五年)三一一ページ、平舘英子氏担当。

4　宮地敦子氏「漢語の定着―「こころ」「心の臓」「心臓」ほか―」(『身心語彙の史的研究』明治書院、一九

七九年）

5 万葉集中に「妹は心に乗りにけるかも」六例、「乗りにし心」二例、「心に乗りて」二例がある。これらは序詞を伴ってあらわれることが多く、序に採られる事物・景物を契機として抽象的心情の物象化が図られている。「心」の有形無形を把握する際には注目してよい事例と考えられる。この点は拙稿「誇張的恋情表現の社会性―「千たび」、「千への一へ」、「心に乗る」―」（『歌のおこない　萬葉集と古代の韻文』和泉書院、二〇一七年）で取りあげた。

6 「筑波嶺のをてもこのもに守部据ゑ母い守れども多麻曽阿比尓家留」（巻十四・三三九三）、「天地の共に久しく言ひ継げと許能久斯美多麻敷かしけらしも」（巻五・八一四）などがそれ。

7 平安時代和歌にも「たま（魂）」の語は継承される。たとえば次のような例がある。

空蝉の　からは木ごとに　とどむれど　たまのゆくへを　見ぬぞかなしき　（古今　物名　四四八）

なき人の　来る夜ときけど　君もなし　わがすむ宿や　たまなきの里　（後撰　哀傷　五七五）

高安国世と万葉集

松村正直

一　高安国世とは

高安国世〔大正二（一九一三）～昭和五十九（一九八四）年〕はリルケの研究や翻訳などで知られるドイツ文学者・京都大学教授である。それとともに、「アララギ」土屋文明門下の歌人であり、昭和二十九年には短歌結社「塔」を創設・主宰し、昭和四十五（一九七〇）年からは現代歌人集会の理事長も務めた。

高安は生涯に十三冊の歌集を出しているが、初期・中期・後期でずいぶんと歌風が変化した。それぞれの時期の有名な作品を引いてみよう。

かきくらし雪ふりしきり降りしづみ我は真実を生きたかりけり

羽ばたきの去りしおどろきの空間よただだに虚像の鳩らちりばめ

第一歌集『Vorfrühling』（昭和二十六年）

湖にわたすひとすじの橋はるけくて繊きしろがねの韻とならん

第八歌集『虚像の鳩』（昭和四十三年）

第十二歌集『湖に架かる橋』（昭和五十六年）

一首目は第一歌集の巻頭歌で、高安の代表歌ともなっている一首である。医師の家系に生まれ、将来は医学の道に進む予定であった高安が、大学進学に際して文学部へ転じる決断をした時の歌である。ここに、高安の歌の一つの大きな特徴を見て取ることができる。

この歌の上句「かきくらし雪ふりしきり降りしづみ」は、古典和歌調と言っていい。例えば、次のような歌が思い浮かぶ。

梅の花咲き散り過ぎぬしかすがに白雪庭に降りしきりつつ

作者不詳『万葉集』巻十・一八三四

かきくらし降る白雪の下ぎえに消えて物思ふころにもあるかな

壬生忠岑『古今和歌集』巻十二・五六六

「かきくらし」「ふりしきり」といった言葉は、こうした伝統的な文脈から出てくるものである。一方で、下句の「我は真実を生きたかりけり」はどうだろうか。ここには近代以降の西洋語由来の言葉遣いが入っている。「真実を生きる」といった言い方は古くからの日本語にはなかったものだ。

つまり、『万葉集』以来続いてきた和歌の歴史と、明治以降の西洋近代の語法が、一首の中に合わさっている。それは、歌人であるとともにドイツ文学者でもあった高安自身の経歴とも重なり合うものであろう。高安自身が次のように記していることも参考になる。

> 今ではこの歌の表現に奇を感じる人はないと思うが、私の憶測ではこの「真実を生きたかりけり」の「を」の使い方がそれまでの短歌になかった西欧語脈で、それが短歌の世界では受け入れにくかったのではなかろうか。また、「真実を生きる」というような抽象的表現が生硬と感じられたのかも知れない。間違って時に引用されるように「真実に」では日本語の常套であって私の歌としては死ぬのである。「に」と直して発表されず、むしろ没にされたのは幸いであった。私としては別に「を」に苦心したのでも何でもなかった。おそらく「死を死ぬ」「涙を泣く」といった西欧語の表現が自分の中で通常の感覚となっていたためであろう。
>
> 高安国世『詩と真実』

高安が述べている通り、この歌の「真実を生きる」といった言い方は、西欧語の翻訳を通じて生み出されたものである。それは、単に翻訳調の日本語が生まれたというだけでなく、そういう言い回しでしか表すことのできない近代的な自我が日本人の中にも芽生えたということなのだ。それはまた、高安が自らの進路を自分で決める際の根拠になったものでもあった。

文中に「没にされた」とある通り、この歌はもともと結社誌「アララギ」の選歌に落ちた歌であった。高安は同じ本の中で「アララギに投稿して発表されたときにはこの歌は選にもれていた。選者の意図はどうだったのか聞いたことがないが、のちに歌集にまとめるときには勝手にこれを巻頭に置くことにした」と書いている。本人にとっては特に思い入れの深い一首だったのだろう。

二　「アララギ」の歌人と万葉集

高安国世は、母のやす子が「明星」、後に「アララギ」に所属した歌人だったこともあり、和歌・短歌に親しい環境で育った。高安はまずはこうした「アララギ」の歌人たちを通じて「万葉集」に触れることになった。その始まりは大正十五年、高安が十三歳の時に「アララギ」の加納暁〔明治二十六（一八九三）～昭和五（一九三〇）年〕の万葉集の講義を聴いたことである。加納は兵庫県出身の「アララギ」の歌人で、島木赤彦に師事、後に「アララギ」の選者となった。その思い出を高安は次のように書いている。

その頃（小学校を終えて芦屋で療養していた頃・松村注）母たちの集りで、須磨の加納暁先生を招いて万葉集を読んでいただくことになつた。先生は貿易商かなにかやつておいでで忙しく、よく準備不十分を言訳しながら、幾冊もの研究書を傍に置いてぼつぼつと講義された。藤原宮役民歌か何かでは、材木を運ぶ筋道の説明に行き詰つて随分困られた事などあつたやうである。（…）いつも端正に和服の似合ふ方で、やさしく深いまじめさを湛へたその人柄はかなり大きな影響を与へて下さつたのではないかと思ふ。殊にさびのある低い声で長歌を読み上げられるのが印象的であつた。僕はやはり意味よりもさういふ声調に、万葉集への憧憬をもつやうになつた。

高安国世『Vorfrühling』あとがき

高安が「藤原宮役民歌」（巻一・五十）などの講義を聴いていたことや、万葉集の内容よりもまずは声調に大きく惹かれたことがわかる。これが高安と万葉集との出会いであった。

続いて、高安に影響を与えたのは師の土屋文明（明治二十三（一八九〇）～平成二（一九九〇）年）であった。文明は「アララギ」の選者で『万葉集私注』『万葉集年表』などの著書がある。高安は文明と万葉集の関わりについて次のように述べている。

昭和九年「アララギ」に入会してから、万葉集を部分的に研究する機会は少々ありました。というのはアララギ派の先駆者正岡子規以来、アララギと万葉とは切っても切れない縁があるのです。伊藤左千夫とか島木赤彦とかいう歌人は万葉集を聖書のようにあがめ、作歌の唯一の拠り所としたのでした。左千夫の弟子の斎藤茂吉、土屋文明などの歌人も、万葉に対して並々ならぬ傾倒を示しています。土屋文明氏について短歌を学んだ私は、もちろん万葉好きですが、学者の説もろくに読んだこともないなまけ者なのです。京大の学生だったころ、「やはり万葉を勉強しなければだめですか」と、土屋文明氏におたずねしたことがありました。そのとき先生は、「君は外国文学なんだから、外国の文学を読んでいればいい。疲れたときなんかに、ねころがって万葉集をひらいて見るのはいいだろうがね」というふうに答えられました。それ以来、私は忠実に先生の教えを守ったような格好で、いまさら学問的に万葉について書く勇気はありません。

高安国世『万葉の歌をたずねて』

学生時代から既に高安が専門のドイツ文学と万葉集などの和歌の伝統との両立に悩んでいたことがわかる。これは、高安の一生の課題となることでもあった。

続いて、高安は昭和十二年と十四年に、斎藤茂吉（さいとうもきち）〔明治十五（一八八二）～昭和二十八（一九五三）年〕が奈良県の藤原宮の調査に訪れた際に同行している。この調査は、万葉集の「藤原宮の御井の歌」で讃えられている泉がどこに存在したのかを突き止める目的で行われたものであった。

藤原宮の御井の歌

やすみしし　わご大君　高照らす　日の皇子　あらたへの　藤井が原に　大御門　始めたまひて
埴安の　堤の上に　あり立たし　見したまへば　大和の　青香具山は　日の経の　大き御門に　春
山と　しみさび立てり　畝傍の　この瑞山は　日の緯の　大き御門に　瑞山と　山さびいます　耳
梨の　青菅山は　背面の　大き御門に　よろしなへ　神さび立てり　名ぐはしき　吉野の山は　影
面の　大き御門ゆ　雲居にそ　遠くありける　高知るや　天の御陰　天知るや　日の御陰の　水こ
そば　常にあらめ　御井の清水
（巻一・五二）

高安の母やす子が「アララギ」の斎藤茂吉門下であり、また当時大阪に住んでいて地理的に近いこともあって、高安もこの調査に同行することになったのであった。昭和十二年の最初の調査の様子については、斎藤茂吉の日記に詳しく行程などが記されている。

（昭和十二年・松村注）五月二十三日（…）大阪十一時十分着。高安やす子国世両君オクル。竹葉ニテ鰻ノ午食ヲスマセ。大軌、上本町六丁目（上六）カラ、電車ニ乗リ、八木町西口ニ降リ。足鞋〔原〕ハキ、やす子サンハもんぺハキ、自動車（七十銭）ニテ高殿村ニ行キ、村民ニツキ、藤原御井ノ調査ヲナス。（…）

五月二十四日（…）八木町西口、竹葉滞在、雨ヲ犯シ、足〔原〕鞋ガケニテ藤原宮址、高殿、別所、等ノ泉ヲ調査シ、日高山ノ麓ノ泉ヲモウ一ツ発見撮影。

『斎藤茂吉全集　第三十巻』

「大軌」は大阪電気軌道、現在の近鉄（近畿日本鉄道）の前身である。「高殿村」は現在の橿原市高殿町に当たる。上本町六丁目を現地の人が「上六」と呼んでいることに興味を示したり、大阪でも好物の鰻を食べたりと、細かく見ていくと面白い。この調査の時に詠まれた短歌も茂吉の歌集に入っている。

大和鴨公

藤原の御井のいづみを求めむと穿ける草鞋はすでに濡れたる
田のあひに人のかへりみせぬ泉吾手にひびくまでにつめたし
立ちつくす吾のめぐりに降るあめにおぼろになりぬあめの香具山

斎藤茂吉『寒雲』

雨の中を草鞋を濡らして歩き回った様子が目に浮かぶ。この調査などをもとに、茂吉は「藤原宮御井考」（「文学」昭和十二年八月号）を発表し、「鴨公村大字高殿小字メクロ、反別番号二一三、二一四、二一九に各井泉がある。其等が御井の名残であるだらう」と結論付けた。これに対しては建築史家の足立康による反論があり、茂吉はさらに「二たび藤原宮御井に就いて」「「藤原宮御井考」追記」を書く。これらはいずれも『柿本人麿　雑纂篇』（昭和十五年）に収められている。

昭和十四年の二度目の調査については、茂吉の手記の該当部分を見てみよう。

（昭和十四年・松村注）五月十一日。堂島梅田ホテル。岡田真、高安やす子、同国世。傘（四円八十銭）靴下、弁当、十時発、八木ニ至ル。〇二上山は青くなりたり／〇鴨公尋常高等小学校長吉田宇太郎氏（地質、）飛鳥川ノ流域（八木町）（古ノ湖水ニツキ調ベタ、／ウネビ中学校長、萱島栄氏、／国史科松崎、宗雄氏、主任（…）

五月十二日。金、小雨、午前九時二十分、大阪出発、高安母子オクル。岡田真君ホテルヲ訪フ。ホテルの室代二日ニテ十二円十二銭。近江湖ニ雨シキリニ降ル。

「手帳四十五」（『斎藤茂吉全集　第二十八巻』）

二回目の調査の時もあいにくの雨だったことがわかる。これらの調査への同行は、関西に住む高安にとって身近な歴史に触れる良い機会となったようだ。

一九四二年であつたか（正しくは一九三九年・松村注）、先生はまだ柿本人麿に関するさまざまの考察に耽つてをられた頃、その御研究の一端として「藤原御井考」をなされた。未だ大学院の学生で比較的時間に余裕のあつた僕は先生のお言葉に従つて藤原の宮址へお伴をした。八木駅で電車を下りると、近所の荒物店で塩数升を求められた。その塩を大事にリユックサックに入れていよいよ宮址に向つた。これは当時はまだ秘密にしておいてくれと言はれたが、やがて「文学」に発表され「柿本人麿雑纂編」に収められてある通り、先生が藤原御井と目される現存の泉のいくつかが、実はその底に於て相通じるものであること、すなはち飛鳥の方から来て北に向つて流れる地下水であることの証明のために用ゐられる塩であつた。（…）先生は後にもう一度実験を確実に行はれたらしいが、とにかくそのはじめての実験を実行されるに際しての先生の熱意と興奮の御様子は僕にもすぐ伝はつて来て、全く生きた学問を目に見る思ひであつた。その前年であつたか（正しくは一九三七年・松村注）、やはりこの藤原御井を求めてはじめて宮址附近に散在する井戸や泉や池を渉猟せられた折、母と共に随従した際もそれは同様で、先生が傑れた文学者であると同時に、やはり自然科学の精神を生きて居られることを目のあたりにしたのであつた。

高安国世『Vorfrühling』あとがき

「生きた学問を目に見る思ひ」「自然科学の精神を生きて居られる」といった言葉に、歌人であるとともに医師でもあった斎藤茂吉に対する尊敬の気持ちが強く滲んでいる。

高安国世と万葉集の翻訳

昭和三十二年、高安は四十四歳の時にドイツ連邦共和国（当時の西ドイツ）に留学する。ドイツ文学者である高安は戦前からドイツへ留学したいという強い希望を持っていたのだが、戦時体制の緊迫や戦後の海外渡航の禁止のために叶わず、学者としては遅い年齢になってようやく留学が実現したのであった。

この留学は一年に満たない長さで学問的に大きな意義を持つものではなかったが、高安に一つの転機をもたらした。留学中に知り合ったドイツ人とのつながりをもとに、帰国後に二冊のドイツ語の本を出版することになったのだ。一つは昭和三十四年刊行のドイツ語訳歌集『Herbstmond』であり、もう一つは昭和三十六年刊行のドイツ語訳詞華集『Ruf der Regenpfeifer』である。

『Herbstmond』（秋の月）は、高安が自作の短歌六十二首をドイツ語に翻訳した歌集で、西ドイ

ツのベヒレト書房より刊行された。刊行の意図について、高安はまえがきに次のように記している。

（原文ドイツ語、野村修訳）

私たちの生活は二十世紀のヨーロッパの生活と密接に結びついている。それは飛行機やラジオや新聞によってばかりではなく、食事や住居や服装の点でもそうなのだ。それにまた私たちは、たいてい複製やレコードや翻訳によってだが、世界中の有名な芸術作品にしたしんでいる。学校ではすべての生徒や学生がヨーロッパの言語を学習しなければならない。映画館では、英語やフランス語やイタリー語などの映画がそのまま上映されている。

だが他方日本にはヨーロッパの精神にほとんど無頓着な人々がたくさんあり、私たちには日本の伝統を頑固に守ろうとする傾向もあることは否定できない。そしてこの伝統の中に安んじて生きて行く人々と対照的に、西洋の文化を何らかの形で移入して、自国の文化に新しい何物かを寄与しようとする者は、いつも自己内部の戦いと疑惑に苦しまなければならない。彼らが考え創り出すものは、広汎な層にはほとんど影響力を持たないように思われる。そして最もわるいことは、ヨーロッパと日本とが我々自身の内部でいつも並行をなし、或いは分裂を起していることだ。それらの総合がいつか成しとげられねばならない。それが日本文化の、同時にまた私の創作の、方向であり課題であると私は確信する。

高安国世『Herbstmond』まえがき

ここには洋服や洋食など日々の暮らしの中で進む西洋文化の浸透の中で、「ヨーロッパの精神」と「日本の伝統」、「西洋の文化」と「日本の文化」をどのように総合していけば良いのかという問題意識が示されている。その一つの試みが、日本の伝統的な詩型である短歌のドイツ語への翻訳であったわけだ。

『Herbstmond』がドイツで好評を博したのを受けて、高安はさらにドイツ語訳詞華集『Ruf der Regenpfeifer』（千鳥の呼び声）を出版することになる。これは、記紀歌謡四十四篇、『万葉集』八十首、芭蕉三十四句、子規十句、近代詩三十六篇、斎藤茂吉十一首など、計三二三篇を収録した翻訳詩歌集である。この中に万葉集の歌が多く収められている点に注目したい。高安は万葉集を専門的に学んだわけではないが、日本の詩歌をドイツに紹介する際に最も大きな比重を占めたのは、十代の頃から慣れ親しんできた万葉集であったのだ。

『万葉集』の歌は、実際の体験に密着して、心の自然な動きを述べている。そのことばはわざとらしさがなく、感覚的であって、思弁によりは観照に根差している。（…）私の選んだこの詞華集では、『万葉集』からの歌が多く採りあげられていて、のちの諸歌集からの歌はさほど多くないが、その理由はもっぱら、私の個人的な趣味である。

高安国世『Ruf der Regenpfeifer』序文（野村修訳）

実際のドイツ語への翻訳は一体どのようなものであったのか、具体例を挙げて見てみよう。

近江の海夕波千鳥汝が鳴けば心もしのに古思ほゆ　　柿本人麻呂（巻三・二六六）

Wenn die Regenpfeifer rufen
auf den abendlichen Wellen
des Omi-Sees,
tut mir das Herz weh vor Sehnsucht
nach den versunkenen Zeiten.

千鳥の呼び声が
夕ぐれの波の上
近江の湖にきこえると
私の心はうずく、あこがれる
沈み去った時を思って。

野村修「高安国世編・訳の日本詞華集：»Ruf der Regenpfeifer« について（上）」
（「ドイツ文學研究」一九八七年）

もちろん詩歌は完全に翻訳できるものではないが、苦心して五行の詩に訳した跡がうかがえる。リルケを始め多くのドイツ文学を翻訳してきた経験も生きたのだろう。また、本の題名「Ruf der Regenpfeifer」がこの歌から取られていることもわかる。

万葉集をこのように翻訳して外国に紹介することは、高安にとって長年の夢でもあったらしい。その実現について、次のような文章を残している。

かつて私が高等学校の理科から大学の医学部へ進むはずのところを、文学部へはいろうとしたとき、父は私の将来をあやぶみました。そのころ私は漠然と作家を志望していましたが、父を納得させるため、語学を勉強して将来万葉集を外国に紹介するのだ、などといい加減なことを言いましたが、この本が出たとき年老いた父に長年感じていた負債をいくらか返したような気がしました。父が死ぬ前で幸でした。私にもっと時間があれば、このような仕事をもっとしたいのですが。

高安国世「万葉と私」(『カスタニエンの木陰』)

高安の父、道成(みちしげ)はドイツに留学した経験も持つ医師であった。そうした事情もあって、ようやく父に対しても対等な気持ちで向き合えるようになったのかもしれない。

 高安国世と万葉秀歌鑑賞

ドイツに留学して外国の文化に触れ、海外に向けて日本の詩歌を紹介したことが刺激になったのだろう。高安は次第に万葉集への関心を深めていくことになる。そして、昭和三十八年に『万葉の歌をたずねて』(創元社)、昭和四十七年には『万葉のうた　秀歌鑑賞』(同)を刊行する。これらは万葉集の秀歌を取り上げて鑑賞した本で、後者は前者を改題して復刊したものである。『Ruf der Regenpfeifer』収録

の万葉集の歌八十首のうち実に六十四首が、この『万葉の歌をたずねて』にも入っている。そのことからも、ドイツへの留学が万葉集への関心と深く結び付いていたことがわかるだろう。外国へ行ったことで、かえって日本の古典に対する興味がかき立てられたのである。

私が六年ほど前、ドイツに留学したときにも、ヨーロッパの文化の前に卑屈にならないでいられたのは、あるいは心の中核部に万葉集と、それを基本にした自己の現代短歌に対するひそかな信頼があったからかも知れません。私が日本文化を思うとき、いつもそこには万葉集があるのです。私の日本文化に対する見方は一面的かも知れません。中世以後に対する勉強が足りないかも知れません。しかし私の心の中には、いくつかの万葉の美しい歌があれば、全世界の文学に対抗できるような力を感じるのです。それは日本語をはなれては、説明不可能かも知れません。が、いつかは世界のすぐれた人々が、日本語で万葉集を読んで讃美する日がくることを私は信じています。

（…）万葉集は壬申の乱前後の、朝鮮や中国の文化が非常な勢いで入って来たころを中心とし、そこにいちばんすぐれた歌が生まれているという事情があるので、ここに大陸の文化の影響以前の日本固有の文化を見ようとするのは無理であります。それかと言って、大陸文化の影響だけで生まれたものでないことも確かです。

それはちょうど今日の文学が、明治以来非常な影響を西洋から受けていると言っても、やはり日本の文化には独特な面もあるのと同じことです。そういう意味でも、つまり今日、日本の文化をあらためてかえりみて、外国と共通の普遍人間的なものと、個有の国民的なものとを見分けながら、さらに世界的な場で人類に何ほどかの貢献をして行こうと思うとき、万葉集もぜひ私たちのものとして、過去の遺産というばかりでなく、今日私たちの内がわに働くものとして、理解し、愛され、生かされて行くべきものだと考えます。

高安国世『万葉の歌をたずねて』はじめに

西洋と日本の両立という高安の抱えていた課題がよく表れている内容と言っていい。「外国と共通の普遍人間的なもの」と「個有の国民的なもの」をいかに統合していくかという課題が、ここにも明確に表れている。

高安の万葉集の鑑賞本には、二つの大きな特徴がある。一つは短歌の実作者としての視点が含まれていること。これは高安が研究者ではなく歌人であったから当然のことだろう。もう一つはドイツ文学者としての視点が含まれていることである。つまり、万葉集の歌を日本の古典としてだけ捉えるのではなく、世界の詩歌の中で捉えようとしているのだ。具体的な例を見ていこう。

熟田津に船乗せむと月待てば潮もかなひぬ今はこぎ出でな　額田王（巻一・八）

（…）第五句の「今はこぎ出でな」はこの一句が一応独立していますので、それまでの句全体に対抗できるほどの重量を持たねばならぬことになり、そこで字余りにした上に、イマハコギイデナと、二度のイ音の上に力点がおかれるように詠まれたものと思われます。

秋山の木の下がくり行く水の吾こそ増さめ御思ひよりは　鏡王女（巻二・九二）

（…）序はその序を受ける言葉を修飾するもので、この歌では「増さめ」の「増す」にかかります。現在から見ると、一首の比喩でありますが、「の如く」を「の」であらわし得た万葉の歌、ひいては日本語の巧みさ、おもしろさが思われます。

高安国世『万葉の歌をたずねて』

こうした鑑賞には、高安の実作者としての視点がよく表れている。「今はこぎ出でな」の字余りに含まれる意図や「秋山の木の下がくり行く水の」という序詞の効果を丁寧に分析している。ちなみに、こうした序詞の使い方は、「葦群のなかゆくみちの湿り地の沈みがちなる今朝のものおもひ」（柏崎驍二『北窓集』）や「涼やかに木蔭を流れゆく川の早口になってからがほんとう」（松村正直『風のおとうと』）など、現代の短歌にも用いられている。

吾はもや安見子（やすみこ）得たり皆人（みなひと）の得がてにすとふ安見子得たり　藤原鎌足（巻二・九五）

（…）ついでながら、ドイツ中世の宮廷詩人、ワルター・フォン・デア・フォーゲルワイデが不遇の生涯に、フリードリヒ二世に認められて采邑（さいいう）（領地）をもらったとき、大よろこびで歌った詩の最初の行は、

われはわが采邑を得たり　世の人皆よ、われはわが采邑を得たり

Ich hân mîn lêhen, al die werlt! Ich hân mîn lêhen! というのです。なんとよく似た発想でしょう。むしろ自然な発声であって、古今東西の人間に共通したものかも知れません。それだから

こそ、鎌足の歌も広く共感を呼んだわけなのでしょう。

隠口(こもりく)の初瀬(はつせ)をとめが手に纏(ま)ける玉は乱れてありといはずやも　山前王(やまくまのおほきみ)（巻三・四二四）

（…）とにかく、緒が切れて散乱した玉を、死の象徴としたところ、悲しみの表現として普遍性があるように思うのです。たとえば一九一三年ごろ、ドイツの詩人リルケは、

真珠の玉が散る。
ああ、糸が切れたのだろうか。
それをつなぎ合わせたとて、何になろう。
つなぎとめる強い止め金の
お前が私には欠けているのだから、恋人よ。

と、うたっています。ここでは死ではないにしても、恋人が欠けていたら心や生命が中心を得ないで、ばらばらになってしまうことの比喩に真珠の玉を使っていて、遠い万葉の世の歌とどこか似てはいないでしょうか。

高安国世『万葉の歌をたずねて』

こうした鑑賞には、ドイツ文学者としての視点が思う存分に生かされている。万葉集の歌とドイツ中

世の詩人やリルケの詩を比べるところなど、まさに高安の面目躍如といった印象だ。万葉集の歌がまた違った輝きを見せ始めるように感じる。

 「私の万葉小紀行」と高安の短歌

『万葉の歌をたずねて』の巻末には「私の万葉小紀行」という文章が載っている。高安が奈良県明日香村の雷丘を訪れた際のことを記した紀行文で、高安が詠んだ短歌も含まれている。

　明日香の部落を西北に出はずれるころ、小学校があり、その裏のあたりが浄御原宮の跡といいます。畑の畝を伝って、やがて雷(いかずち)の丘に出ました。ささやかな丘です。持統天皇がここから国見をされたとき、人麿が

　　大君は神にしませば天雲(あまぐも)の雷(いかづち)の上に庵(いほり)せるかも　（巻三・二三五）

とうたったといいます。私はこの歌はあまり好きではありませんが、遙かに香久山、耳成山等を望む、畑の中のこの小丘は、なんとなくしたしい感じを持っています。次の私の歌によってご想像下さい。

　　風に鳴る櫟(くぬぎ)熊笹雷(いかずち)の丘をつつめりのぼりて来れば

雷の丘をくだりて家並の上色づく櫟さやに静けし

雷の丘から香久山までは、北へ真直ぐに一キロばかりでしょうか。折から冷たい風が吹き、野の上はくもって夕暮のようになって来ました。ふしぎなことに、このあたりから耳成山にかけて、野原に家がほとんどなく、電柱も電線も見えないのです。私は奈良県知事が聡明で、万葉の遺跡をきよらかに保つために、電線を全部地下に埋めさせたのかと思いましたが、これはどうかわかりません。

雲低く日ぐれの如き風吹けば野にいつよりか電柱を見ず
東に日あたる山は見えながら三山低く昏く夕づく
香久山はくもりの中に昏れゆくに白壁映ゆる一部落あり
熊笹を切りしだきたる径のぼる松揺れてほのぐらし香久山

香久山は赤松が高くて、頂上から、国見はできなくなっています。何か神秘的な気配に包まれて私はむしろ逃げるように、赤い松葉の散りつもった急坂を、辷り辷りくだって行ったのでした。

高安国世『万葉の歌をたずねて』

高安が訪れた昭和三十七年当時の明日香村の光景が目に浮かんでくる。万葉集に詠まれた風景と高安が実際に歩いた風景が、時代を超えて二重写しになっているようにも感じる。このように実際に現地を訪れることができる点も、万葉集の魅力の一つと言っていいだろう。

文中に記された短歌六首のうち「雲低く……」「熊笹を……」の二首は、高安の歌集『虚像の鳩』にも収められている。

 現代短歌と万葉集

最後に、現代の令和の短歌と万葉集との関わりについて少し触れておこう。

バス停は置かれた場所の名ではなくほんとうの名を呼べば振り向く
山階　基『風にあたる』（令和元年）

二十代の若手歌人の作品である。この歌に出てくる「ほんとうの名」とはどういうことだろうか。バス停の名前を思い浮かべてみると、「○○役場前」「××病院前」「△△三丁目」など、建物や地名が付いているものが多い。でも、よく考えるとそれは建物や場所の名前であって、バス停自身の名前ではない。バス停自身の名前（というものがあったとして）を、私たちは実は知らないのだ。

でも、もしその「ほんとうの名」を呼んだなら、バス停は振り向いてくれるだろうというのである。

バス停が人の立ち姿に似ていることが前提にあるのだが、発想に驚かされる一首だ。そして、この歌を読んで私が思い出したのは、万葉集の次の歌である。

籠もよ　み籠持ち　ふくしもよ　みぶくし持ち　この岡に　菜摘ます児　家告らな　名告らせね
そらみつ　大和の国は　おしなべて　我こそ居れ　しきなべて　我こそいませ　我こそば　告らめ
家をも名をも

雄略天皇（巻一・一）

使われている言葉や文体などを見ると両者は全く別の歌である。けれども「ほんとうの名」という感受性には、どこか共通するものがあるのではないだろうか。古代においては名前は魂に相当する者であり、みだりに他人に明かしてはならないものとされていた。だから相手の名前を尋ねることは求愛を意味し、名前を明かすことは相手を受け入れることでもあったのだ。意識するとしないとにかかわらず、こうした感覚は千数百年の時を超えて、現代の私たちにも受け継がれているのだと思う。

山部赤人「富士山歌」の伝来と受容

鈴木崇大

はじめに

平成二十年（二〇〇八）、ＮＨＫデジタル衛星ハイビジョンで「日めくり万葉集」が放映された。月曜から金曜までの午前六時五十五分～七時、「さまざまな分野で活躍する方々が選者となり、それぞれ「わが心の万葉集」を選び、歌への熱い思いを語」[1]る五分間の番組は好評をもって迎えられ、翌二十一年（二〇〇九）教育テレビで再放送される際にはテキストブックやＤＶＤも発売され、第二期の制作も決定し、こちらは平成二十三年（二〇一一）から翌二十四年（二〇一二）にかけて放映された。監修者の一人である当館の坂本館長（第一期当時は奈良女子大学教授）の直話によると、番組スタッフより、このような番組が第二期も制作されることは珍しく、それほど人気を博した番組であったと伝えられたという。

「日めくり万葉集」は第一期・第二期併せて全四八〇回。その内容は僅かな変更が加えられ二十四冊のテキストブックに収録されている。それに基づき選ばれた歌を集計、リスト化すると様々に興味深い事柄が見えてくる。

例えば、選ばれた歌が最も多いのは巻三で、四十三首で五十七回の登場であり、巻八の三十八首・四十回がそれに次ぐ。巻一および巻二は登場回はいずれも四十二回ながら、歌はそれぞれ三十二首と三十七首であった。なお、反対に最も少ないのは巻十三の九首・九回。

また、巻二十の歌は十七首・二十一回となるが、うち七割の十二首・十四回は防人歌である。越中万葉歌（巻十七・三九二七〜十九・四二五六）はやや人気が薄く、巻十七から巻十九の三巻に及ぶものの二十九首・三十一回に留まっており[2]、関係者として残念である。

歌の数と登場回にずれがあるのは、複数の選者に選ばれる歌があったためである。二人以上の選者に選ばれた歌は五十首を超える。

では、最も多くの選者に選ばれた歌は何であったかというと、次の歌である。

田子の浦ゆうち出でて見れば真白にそ富士の高嶺に雪は降りける　（巻三・三一八）

この山部赤人の富士山の歌の反歌は実に五人によって選ばれており、三人によって選ばれた歌が六首[3]、四人によって選ばれた歌が0首であることに比べると群を抜いていることが知られる。加えて長歌も二名の選者に選ばれ、長反歌からなる作としても他を圧倒している。

そういえば赤人の富士山の歌は中学校や高等学校の国語の教科書に載ることも少なくない。少し前の話だが、平成二十九年（二〇一七）に高等学校の教科書に載る万葉歌のデータを得た際、五社十冊[4]に載っていた。私も中学生時代にこの歌を授業で習った記憶がある。教科書に載っている、学校で習うということは他の歌々に比べてそれだけ知られる機会に恵まれていると言えるだろう。

そのように人気のある赤人の富士山の歌、今では信じられないことだが、平安時代はさして評価されていなかったらしい。この歌、特に反歌が注目され始めるのはどうやら中世以降らしく、室町時代中頃に名歌としての地位を確立したと考えられている。紙宏行氏は、田子の浦が富士山の望める景勝地と考えられるようになったのは、当該歌が『百人一首』に採られて以降と思われるとし、「江戸時代には、白砂青松の田子の浦と白雪の富岳とは我が国を代表する景観」とされるに至ったと述べている[5]。

一三〇〇年前に詠まれた歌の来歴。そこには様々な物語があったに違いない。そこで、赤人の富士山歌、特に右に挙げた反歌に注目し、伝来と受容のさまをたどってみようというのが本稿の趣旨である。

なお、当該歌群の題詞は「山部宿禰赤人望不尽山歌一首」で、歌本文で富士は「布士」ないし「不尽」と表記されているが、本稿では「富士」で統一する。

評価の歴史①　——奈良時代〜平安時代中期

最初に歌群全体を引いておく。反歌には原文を添える。

山部宿禰赤人の富士山を望める歌一首〔并せて短歌〕

天地の　分かれし時ゆ　神さびて　高く貴き　駿河なる　富士の高嶺を　天の原　振り放け見れば
渡る日の　影も隠らひ　照る月の　光も見えず　白雲も　い行きはばかり　時じくそ　雪は降りける　語り継ぎ　言ひ継ぎゆかむ　富士の高嶺は　（巻三・三一七）

反歌

田子の浦ゆうち出でて見れば真白にそ富士の高嶺に雪は降りける　（巻三・三一八）
田児之浦従打出而見者真白衣不尽能高嶺尓雪波零家留

赤人は、『万葉集』中での歌人別作品収載順位は大伴家持・柿本人麻呂・大伴坂上郎女・山上憶良・大伴旅人に次いで六位ながら、大伴氏関連の人物を除くと人麻呂に次いで二位となる。また、聖武朝の初期において詠作された行幸従駕歌も少なくなく、奈良時代においては一定程度その作と力量が認められ、範とされることもあったと見える。実際、万葉集第四期（天平六年（七三四）以降）の歌人である田辺福麻呂の葦屋処女の墓を詠んだ歌（巻九・一八〇一〜一八〇三）は、赤人の真間の手児名の墓を詠んだ歌（巻三・四三一〜四三三）の影響が強く、また天平十九年（七四七）の家持と大伴池主との贈答歌群（巻十七・三九六五〜三九七七）には、赤人の春の歌四首（巻八・一四二四〜一四二七）中の表現が散見する。家持も池主も赤人の作を踏まえて歌を詠んでいるということから、それがすでに歌を詠む者にとって一般的な教養として共有されていたという背景が窺われる。

そして家持の「立山の賦」長歌の末尾部分、

……万代の　語らひぐさと　いまだ見ぬ　人にも告げむ　音のみも　名のみも聞きて　羨しぶるがね

（巻十七・四〇〇〇）

は、主題の類同性と関わって赤人の当該長歌の末尾を意識したことが明らかである[6]。

ただ、赤人の富士山の歌はしばらく文学史の表舞台から消える。それは、万葉最終歌の天平宝字三年（七五九）から『古今和歌集』が編纂された延喜五年（九〇五）までの約一五〇年程、和歌自体が文学史の表舞台から消えるということと関わるが、しかし『古今和歌集』以降にあっても、二〇〇年もの間、貞観〜天元年間（九七六〜九八二）頃に成立したかとされる『古今和歌六帖（こきんわかろくじょう）』に長歌が収載されている程度

で他に見えないのである。(7)

赤人の歌の中でも、例えば、

若の浦に潮満ち来れば潟をなみ葦辺をさして鶴鳴き渡る　(巻六・九一九)

春の野にすみれ摘みにと来し我そ野をなつかしみ一夜寝にける　(巻八・一四二四)

は『古今和歌集』仮名序の古注部分に引かれる他、前者は、藤原公任が編纂した私撰集『三十六人撰』(寛弘六年(一〇〇九)～同九年(一〇一二)の間に成立か)や『和漢朗詠集』(長和元年(一〇一二)成立)に選ばれ、後者は『源氏物語』(寛弘五年(一〇〇八)には一定程度の分量が執筆され、流布していたと見られる)にも引歌される等(「真木柱」・「椎本」の巻)、王朝の人々に広く知られていたことが分かる。

我が背子に見せむと思ひし梅の花それとも見えず雪の降れれば　(巻八・一四二六)

明日よりは若菜摘まむと標めし野に昨日も今日も雪は降りつつ　(巻八・一四二七)

前者は紀貫之による秀歌撰『新撰和歌』(承平五年(九三五)頃成立)に、後者は二番目の勅撰和歌集である『後撰和歌集』(天暦九年(九五五)頃の成立か)に載る他、二首とも『古今和歌六帖』『三十六人撰』『和漢朗詠集』にも載り、口吟されることも少なくなかったと想像される。

『古今和歌集』仮名序は、

人麿は赤人が上に立たむことかたく、赤人は人麿が下に立たむことかたくなむありける。

と、奈良時代における大歌人として人麻呂と赤人とを併称している。実際には赤人が人麻呂とまったく同程度に扱われていたとは認めがたいが、それでも尊崇の対象ではあったと思われる。

それでは、当該歌はどれほど評価されていたと言えるのか。「はじめに」に引いた紙氏は「平安時代には……田子の浦から富士山を眺望する歌は見られない」と述べていたが、しかし田子の浦と富士山とを一首の内に詠み込んだ歌はしばしば見える。例えば、古今撰者の一人である壬生忠岑（みぶのただみね）の家集『忠岑集』（十世紀中頃の成立か）に、

田子の浦に君が心をなしてしか富士てふ山も思ひ知らせん　（五二）

という作がある。思う人（「君」）の心を「田子の浦」にしたいものだ、そうしたらあの「富士てふ山」も「思ひ」＝「火」を見せるでしょうという意。「富士」に詠み手をなぞらえる恋の歌だが、平安時代におい

て田子の浦と富士山とを詠み込んだ最も古い例と思われる。

また、それから一世紀ほど後の円融～一条朝にかけて活躍した女房・歌人の馬内侍の家集『馬内侍集』（十一世紀初頭の成立か）には、

「来む」といひし人来て、夜一夜ありけど逢はで、つとめて「など、来ずなりにし」といひやりたれば

夜もすがら田子の浦波寄せし音を富士の高嶺に聞かざりけるよ　（九二）

という歌を収める。彼女の許に、「行くよ」と言っていた男が訪れてきて一晩中あたりを歩き回っていたものの結局逢わないで帰ってしまった、それで早朝、「どうして来なかったの？」と言ってやった際に男が送ってきたという歌である。一晩中、「田子の浦」の波のようにあなたの許に打ち寄せていたのですが、その音を「富士の高嶺」のようなあなたは寝ていて聞かなかったとは、いやはや、という程の意。「富士」には「臥し」が、「（高）嶺」には「寝」がかけられている。これも恋の歌だが、前の忠岑の歌とは反対に、詠み手が田子の浦（の波）に、相手が富士山に譬えられている。

平安時代中期の藤原道綱母『蜻蛉日記』（天延二年（九七四）以降の成立）の中にも、田子の浦と富士山とを詠み込んだ例が見られる。上巻、天徳元年（九五七）～応和二年（九六二）の間の頃、道綱母が久し

くやって来ない夫の兼家に長歌で恨み言を言ってやると、兼家もまた長歌で返事を寄こす。その一部。

……思ふ思ひの　絶えもせず　いつしか松の　みどりこを　ゆきては見むと　駿河なる　田子の浦波　立ち寄れど　富士の山べの　煙には　ふすぶることの　絶えもせず　天雲とのみ　たなびけば　……

引用部分の大意は、あなた（道綱母）への思いは絶えることなく、息子（道綱）を見たいと思って田子の浦に寄せる波のように出かけていっても、あなたは富士の山の煙のようにいつも嫉妬の炎を燃やして、雲のようによそよそしくして云々。田子の浦に寄せる波に自分（兼家）を、富士山に相手（道綱母）を譬えている。

一首の内に田子の浦と富士山とを詠み込む作は赤人の当該歌が最古の例と考えられる以上、まずは忠岑が赤人の歌を学んだ可能性は高いと推測される。菊地靖彦氏が述べるように、彼の歌風として「『万葉集』歌の影響」が指摘できるということも有力な傍証である[8]。ただ、右に挙げた『馬内侍集』や『蜻蛉日記』に見える例は、赤人歌を踏まえたものであったかどうか。『忠岑集』以下の三首に登場する景物は富士の火や煙であり、かつ『馬内侍集』や『蜻蛉日記』の歌には田子の浦の波が詠み込まれているが、それらの景物は恋に関わる心情や行為の喩として用いられているのである。

そもそも田子の浦は、『古今和歌集』の読み人しらずの歌、

駿河なる田子の浦波立たぬ日はあれども君を恋ひぬ日はなし　（恋一・四八九）

以来、恋の歌において詠まれることが少なくなかった。

また富士山は、『古今和歌集』について言えば、まず仮名序に二度登場するが、和歌の素材とその詠まれ方を述べる部分に「富士の煙によそへて人を恋ひ」というかたちで見える。集中には、

人知れぬ思ひを常にするがなる富士の山こそわが身なりけれ　（恋一・五三四）

を含め五首に詠まれるが、どれも火や煙が恋の思いに譬えられている。「古今の富士は、もっぱら激情を表象するものとして登場してくる(9)」のである。

したがって、叙景的ともいえる赤人の歌はむしろ王朝びとにとってはいささか異質であったということになるだろう。田子の浦と富士山をともに詠み込む場合は、それぞれの景物に心情や行為を絡ませるという型が忠岑の歌から展開していったのであり、赤人の当該歌は直接には踏まえられていなかったと考えられる。

評価の歴史②　――院政期

院政期に入ると状況が変わってくる。

平安末期の永万（一一六五〜一一六六）頃に藤原範兼が編纂したとされる『五代集歌枕』は、五代集（万葉・古今・後撰・拾遺・後拾遺）に収載されている歌の中から名所を詠んだ作を抽出し、国別・名所別に分類した歌学書である。その「ふじのたかね」の項の冒頭に赤人の富士山歌の反歌が載る。当該歌が『万葉集』以外の文献に見える最初の例である。

もっとも、それより少し遡って、長治二年（一一〇五）〜元永元年（一一一八）以前には成立していたと見られる藤原敦隆編纂『類聚古集』にも当該歌が見えるが、これは『万葉集』の歌を意義分類して配列し直した書物であり、現在では『万葉集』の古写本として参照される。なお、『類聚古集』以下の文献に載る当該歌は現行の訓と異なっており、したがって「当該歌」と呼んで良いのか悩ましいが（便宜的にこの呼称を用いる）、その問題は後に詳しく検討することにして、今は評価の歴史をたどっていきたい。

その後、藤原清輔『和歌初学抄』（仁安元年（一一六六）以前の成立か）の「両所を詠歌」（二つの土地を一首の内に詠み込む歌）の例として引かれる他、顕昭『古今集注』（寿永二年（一一八三）から文治元年（一一八五）にかけて成立）では、前節に引いた『古今和歌集』の、

駿河なる田子の浦波立たぬ日はあれども君を恋ひぬ日はなし　（恋一・四八九）

の注に引かれる。

次いで、『千五百番歌合』（建仁元年（一二〇一））の千二十八番は、

左　讃岐

白妙の富士の高嶺に雪降れば凍らで冴ゆる田子の浦波　（二〇五四）

右　三宮

春近き氷の下のさざ波はうち出んことや思ひ立つらん　（二〇五五）

という組み合わせだが、その判詞に赤人の歌が引かれている。

左歌、なからより上は万葉集に田子の浦にうち出でて見れば白妙の富士の高嶺に雪は降りにけりといへる歌なり。凍らで冴ゆる田子の浦波といふごとくしたるはをかしかるべきに、富士の高嶺に雪降らんからに田子の浦波の冴ゆべきにあらず。富士の高嶺に月など澄まば田子の浦に映りて凍らでも冴えはべりなんかし。……

判者は藤原季経。左方の（二条院）讃岐の作を赤人歌を学んだものと認め、下句の表現を褒めながらも、「富士に雪が降っているのに田子の浦の波が冴えているのはおかしい。月が照っているのであれば冴えることもあろうが」と述べて右方の勝にしている。

島津忠夫氏によれば、院政期は新風形成の動きとして、新しい歌語の探索に努力が払われたのだが、そのような動きの中で『万葉集』が顧みられるようになっていったという。[10] 藤原仲実『綺語抄』（長治三年（一一〇六）～元永元年（一一一八）の間に成立）、清輔『奥義抄』（保延元年（一一三五）～天養元年（一一四四）の間に初稿本成立）、範兼『和歌童蒙抄』（久安元年（一一四五）頃の成立か）、顕昭『袖中抄』（建久四年（一一九三）頃の成立か）は、それぞれ万葉語の解説を多く含む歌学書である。

> 万葉集、昔は在る所希なりと云々。而して俊綱朝臣、法成寺宝蔵の本を申し出でてこれを書写す。その後、顕綱朝臣また書写す。これより以来多く流布して、今に至りて諸家に在りと云々。

清輔の歌学書『袋草紙』（保元三年（一一五八）頃の成立か）の一節である。当初、『万葉集』を持つ人は少なかったものの、橘俊綱や藤原顕綱が、藤原道長が建立した法成寺に所蔵されていた本を借りて書写して以降、広まったという。法成寺宝蔵は康平元年（一〇五八）に火災に遭っているため、二人が書写したのはそれ以前のことと推測されているが、テキストはこの頃に流通しており、歌人たちが比較的容易に『万葉集』を参照できる環境はすでに整っていた。言い換えれば、『万葉集』に対する興味関心によって書写されることが増え、流通が加速されていったということになるのだろう。

顕昭・清輔・季経らは六条藤家（ろくじょうとうけ）と呼ばれる歌の家の歌人たちだが、『万葉集』を重んじた彼らが赤人の歌を引いたり、それに触れたりするのは自然なことであったろう。とは言え、『五代集歌枕』も含めて、これらの書が当該赤人歌を取り立てて論じたわけでもなく、また秀歌として称揚しているようにも見えない。あくまでも紹介や言及という程度に過ぎないことは注意を要するだろう。

この院政期において、田子の浦と富士山とを詠み込んだ歌として、『清輔集』（治承元年（一一七七）には原型成立）に、

　五月雨

田子の浦の藻塩も焼かぬ五月雨に絶えぬは富士の煙なりけり　（七八）

という歌が載り(11)、また、覚性法親王（かくしょうほっしんのう）の家集『出観集』（しゅつかんしゅう）（嘉応元年（一一六九）～安元元年（一一七五）の間に成立か）には、

　海上秋泊

船とむる田子の浦わの夕潮に富士の御嶽は霧こめてけり　（四三九）

という作を認める。前者は、五月雨によって藻塩を焼かないので煙も立ち上ることはないが、それでも富士山の煙は絶えることがない、という程の意。後者は、田子の浦に停泊した際、富士山には霧が立ち込めていたということを詠む。両首とも、前節の最後に引いた忠岑らの歌とは異なり、景を詠んだ歌として成立している。とは言え、やはり赤人の歌に登場する景物とは重ならず、どれほど赤人を意識して詠まれた作か――たしかに清輔は『万葉集』に相当通じていた形跡が認められるが――、判断が難しい。

しかし、この讃岐の歌は、季経も指摘したように赤人の当該歌を踏まえたことが明らかである。長澤さち子氏によれば、讃岐の晩年にあたる『千五百番歌合』では、彼女の作は「古典摂取や同時代の作品の影響による歌が約八割」を占めるという[12]。その中から本歌が万葉歌であるもの（同時代の歌人の作をも併せて踏まえた歌も含めて）を抽出すると七首。長澤氏が本歌と認定したものの中には疑問の例もあるが、総じて三代集や『人麻呂集』『五代集歌枕』『和漢朗詠集』等に収載されたものである。赤人の富士の歌もまた直接に『万葉集』を読むことで知られたのではあるまい。

ともあれ、当該歌が注目されるようになるには院政期を待たねばならなかったということになるのだが、それは『万葉集』再評価の気運と連動していることに加え、「『金葉集』『詞花集』の頃から、これまでにはない広大かつ繊細な風景描写をした叙景歌が誕生した[13]」という文学史の展開とも関わっていると

考えられる。錦仁氏は、

歌合は庭園に接する室内で催され、蓬萊の島などを模した州浜台を用意しておこなわれることが多かった。しかし、平安後期になると州浜台はあまり使われなくなったようで、むしろ庭を景観・眺望を重要な要素として歌が詠まれるようになった。壮大な風景を見わたすという視線をみずから実感しつつ、(たとえ、想像によって眺望するとしても)、歌を詠むという観念が生まれたのであった。

と述べ、叙景の歌の誕生を説明している。[14] 前節で見た、田子の浦と富士山とをともに詠み込む歌々は景物が話者の行動や心情の喩として機能していたが、右に見た讃岐・清輔・覚性の作はどれも景が自立しており、素材の用い方において大きな違いがあることが確認されよう。

そして、ついに赤人の富士山歌は『新古今和歌集』(元久二年(一二〇五)に一旦成立。ただし実質的な成立は承元三年(一二〇九)頃か)に、

田子の浦にうち出でて見れば白妙の富士の高嶺に雪は降りつつ　(冬歌・六七五)

というかたちで採録されるに至る。推薦したのは藤原家隆(ふじわらのいえたか)と藤原雅経(ふじわらのまさつね)であった。[15]

ただ、吉海直人氏が指摘しているように、(16)藤原定家は当該歌を評価していなかったと覚しく、彼の歌論書として大きな影響を持った『近代秀歌』（承元三年（一二〇九）成立）や『詠歌大概』（貞応二年（一二二三）頃の成立か）に見えない。しかし、『定家八代抄』（健保三年（一二一五）頃成立）、『秀歌大体』（貞応元年（一二二二）〜天福二年（一二三四）の間に成立）、『定家物語』（天福元年（一二三三）〜嘉禎三年（一二三七）の間に成立）等に載ることになる（ただ、第五節で詳しく触れるが、『定家物語』は当該歌を秀歌として載せたわけではない）。そして何より『百人秀歌』（文暦二年（一二三五）成立か）に選び入れられ、それと浅くない関わりを持つ「百人一首」へ撰入されたことによって、つまり晩年の定家の再評価によって、ようやく赤人の代表歌としての地位を獲得し、以後、定家の権威と百人一首の流行の中で秀歌として定着していった(17)」のである。

評価の歴史③ ——「百人一首」以降

定家が当該歌のどのような点を評価したのかは、それについて書き記されたものや、聞き書きなどもなく、詳らかにしない。そもそも当該歌についての評言が文献上で確認されるようになるのは室町時代以降なのである。しかもそれらの書物は、国学が勃興してくる江戸時代中期までは『新古今和歌集』や「百人一首」の注釈書である場合が多い。

以下、当該歌に対する評言を見ていこう。室町時代前期の武将・歌人で古今伝授（『古今和歌集』に関する秘伝の伝授）の祖ともなった東常縁（とうのつねより）の『新古今集聞書（しんこきんしゅうききがき）』（文明二年（一四七〇）以前の成立）は、当該歌についてのまとまった評言としては最も古いものと目される(18)。

> 眼前の躰也。「つつ」といへる字に景趣こもりて言語不可説なる歌也。（私云）「白妙」といへる三の句心あるべき也。雪はいづくも白妙に降るものなれども、富士の雪はひとしほ目に立ちておもしろく見ゆると云也。世上に降る雪はさびしくかなしき方のみなりといふ心こもれり。是常縁尺也。

この書は常縁の師に当たる尭孝（ぎょうこう）や正徹（しょうてつ）といった当時の歌壇の指導的立場にあった歌人の説を書き留め、それに自説を加えていったものとされている。引用部分も最初の二文は常縁が聞いた説、「私云」という傍書のある「白妙」以降が自身の説ということになる。尭孝は二条派を、正徹は冷泉派を代表する存在であり、ツツ止めによる余韻の評価は、当時の歌人たちの受け止め方を反映しているように思われる。

前節の最後に吉海氏の論を引いたが、そこで「百人一首」が触れられていた。「百人一首」は室町時代中期の連歌師で古今伝授の継承者でもあった宗祇（そうぎ）が注釈を加えたことによって流布してゆく。その注釈書『宗祇抄』は文明十年（一四七八）の奥書を持つが、文明三年（一四七一）に行われた常縁の講釈に基づくという。当該歌については次のように述べられている。

この歌は田子の浦の類なきをうち出て見れば眺望限りなくして、心詞も及ばぬ富士の高嶺の雪を見たる心を思ひ入りて吟味すべし。海辺のおもしろきことをも、高嶺の雪の妙なることをも、詞に出だすことなくてそのさまばかりを言ひ述べたる所、尤も奇異なるにこそ。赤人の歌をば古今にも歌にあやしく妙なりといへり。奇妙の心也。猶この「雪は降りつつ」といへるに余情限りなし。

心情語を用いずに景の描写のみに終始しているところを「奇異」、例がなく珍しいと述べているが、それはすぐ次に触れられる『古今和歌集』仮名序における赤人評「歌にあやしく妙なり」を意識しての言であることは明らかであり、賛嘆のニュアンスが込められていよう。またツツ止めに余韻を認める点は常縁を受け継いだものと言えようか。

以降、これら常縁と宗祇の評が受け継がれてゆく。例えば「百人一首」の注釈書について言えば、安土桃山時代の武将・歌人で古今伝授の継承者であった細川幽斎『幽斎抄』（慶長元年（一五九六）成立）、江戸時代初期の後陽成天皇『後陽成院撰』（慶長十一年（一六〇六）成立）、江戸時代前期の俳人・歌人の北村季吟『拾穂抄』（天和元年（一六八一）成立）は、いずれも『宗祇抄』を中心に引き、それに師説、他文献の説、自身の説を加えるという体裁になっている。[19]

『新古今和歌集』の注釈書についても、江戸時代初期の歌人・加藤磐斎『新古今増抄』（寛文元年（一六六一）成立）は『新古今和歌集』の最初の全注釈書だが、当該歌の説明は前掲の常縁の言の「「白妙」」以下を引いた上で自身の説を僅かに加えている程度、また、季吟が八代集の全ての歌に注釈を加えた『八代集抄』（天和二年（一六八二）刊行）は常縁（野州）の説に加え、宗祇の説を『幽斎抄』からの孫引きの形で引いており、季吟の説は記されていない。

いったい「近世初期の古典研究は、古今伝授に象徴される中世歌学を継承することから始まる」[20]ものであって、学説の師資相承という面が強かった。しかも「百人一首」は、鈴木元氏が指摘しているように[21]古今伝授と関わって相伝されてきたと見られる面がある。したがって、当該歌に対する注釈も常縁・宗祇のそれが中心的な位置に据えられ、それに各自の意見が添えられるというスタイルであった。この中世から近世初期の歌学のあり方の中で、当該歌に対する秀歌という評価は再生産されていったと言えるだろう。

では、注釈書を離れたところでは当該歌はどのように語られていたのか。いくつか見ておこう。

> 田子の浦の歌などは何をもかをも取り込みて、ひびくれをば皆とりのけて詠みたる歌なり。そのごとくこちが詠まんとすれば、あほうげなものになるなり。つつというて面白き景気のこもりたる所、至極妙なり。

幽斎の慶長三年（一五九八）～七年（一六〇二）にかけての口述を公卿・歌人の烏丸光広（からすまるみつひろ）が筆記した『耳（じ）

底記』の一節である。「ひびくれ」（早稲田大学本・お茶の水女子大学本は「びゞくれ」）という語が不明だが（「作為」という意味だろうか）、自分が赤人のように詠んでみても「あほうげ」なものになってしまうという。そうして末句の「雪は降りつつ」という言いさしの表現を絶賛している。打ち解けた雰囲気が語り口にも表れているが、内容は彼が受け継いだ常縁や宗祇の述べたところとさして変わらないと言える。

少し時代は下るが、江戸時代中期の公卿・歌人の烏丸光栄の口述を門弟の加藤信成他が筆記した『聴玉集』（延享三年（一七四六）以降の成立）には、

> 百人一首に、人丸・赤人の歌を入れられしに、人丸の歌は恋の実情をありのままにすらりと言いひたるなり。赤人は、富士の実景をさらりと述べたるまでなり。その心のとほりに実情実景をよく述べたる故に、感情も深くたけ高く、後世とても仰ぐべきなり。

と述べ、「さらり」と形容した当該歌の巧まざる表現に赤人の美質（「たけ」の高さ）を見出しているという趣きである。

古代から近世までの歌学書を集成している『日本歌学大系』中、安土桃山時代以降を収める第六〜九巻において、二節で引いた赤人の「和歌の浦に」（巻六・九一九）・「春の野に」（巻八・一四二四）の登場回数はそれぞれ三回・四回であるのに対し、当該歌は八回である。どういう文脈で登場したのかを無視しての単純

な数値の比較だが、この歌が重視されるようになっていたことを窺うひとつの目安にはなるだろう。

古典研究に文献学的方法を持ち込んだ国学者たちもこの歌を評価している。江戸時代中期の契沖（けいちゅう）は国学の祖とされる存在だが、彼は「百人一首」の注釈書『改観抄（かいかんしょう）』（元禄五年（一六九二）成立）にて、

この歌、富士を詠めるには古今の絶唱といふべし。

と絶賛し、それから半世紀ほど後に生まれた賀茂真淵（かものまぶち）は初学者向けの歌論書『にひまなび』（明和二年（一七六五）成立）において、

赤人の歌の詞は、吉野川なすさやに、心は富士の嶺のごとよそりなく高し。

と述べている。赤人の特質としての言葉の清らかさと心の高さを、それぞれ吉野讃歌（巻6・九二五）と当該歌をよそえつつ述べている。吉野讃歌と並んで富士山歌を赤人の代表作と捉える意識が根底にあると見て誤るまい。実際、真淵は『万葉集』の注釈書『万葉考』（真淵自著部分は明和五年（一七六八）成立）や「百人一首」の注釈書『うひまなび』（明和二年（一七六五）成立）等で繰り返し当該歌を称揚している。

ただ、実証主義的な学問である国学が、当該歌の本文が『万葉集』と『新古今和歌集』および「百人一

首」とで異なる点を見過ごすはずもない。節を改めて、訓の揺れという問題を見ていこう。

 揺れる訓

第一節で、当該歌が『万葉集』以降の文献に初めて見えるのは平安時代末期の『五代集歌枕』においてであると述べた。そこには次のようにある。

田子の浦にうち出でて見れば白妙の富士の高嶺に雪ぞ降りける

傍点を附した個所は当該歌の現行の訓とは異なる箇所である。これが、『和歌初学抄』および『古今集注』では、

田子の浦にうち出でて見れば白妙の富士の高嶺に雪は降りつつ

となっている。

『千五百番歌合』は、例えば新編国歌大観が底本としている高松宮家本では、

田子の浦にうち出でて見れば白妙の富士の高嶺に雪は降りにけり

だが、この第五句、書陵部本では「雪降りにけり」、東大本の異本注記では「雪降りてけり」となっている他、水戸彰考館本や高松宮家本の異本注記では「雪は降りつつ」となっており、諸本間でかなりの違いがある。[22]

『新古今和歌集』は、『和歌初学抄』および『古今集注』と同じ訓を採用している。つまり、この歌が見出され享受されるようになって以降も、第一句は「田子の浦に」、第三句は「白妙の」で固定していたが、第五句は「雪は降りつつ」が有力ではあったと覚しいものの、なお揺れていたことが知られるのである。

『新古今和歌集』はその序に、『古今和歌集』以後の勅撰集に載せられた歌は採らないが『万葉集』の歌は載せることを方針とすると記しており、実際に約六十首の歌が収載されている。その本文は現代の定訓とは異なるものが多く、かつては新古今撰者による改竄などとも言われてきた。しかし、小島吉雄氏は『新古今和歌集』内の万葉歌を調査し、「その選出の典拠とした原典の所伝または万葉集の訓詁が人により時代によつて違つてゐたその相違から来る現象であつて、新古今撰者が私意による改作と考へられる歌は極めて乏しい」と結論づける。当該赤人歌についても、平安朝末から鎌倉時代へかけての頃には、この新古今集のやうな訓が存在したといふことになるのであつて、さういふ訓み方があつたとすると、これを一途に撰者の改作と言ひ切ることは出来ないのである。(23)

と述べている。肯うべき理解である。

また小松靖彦氏は、

ユキハフリツツが中世において圧倒的支持を得たのは、その表現力が中世の歌人や古典学者たちの志向に一致していたばかりでなく、学問的な根拠も有する、大胆かつ鮮やかな改訓と見なされたからであろう。

と説く。氏は、『新古今和歌集』内の万葉歌は中世という時代に相応しい表現性に適合する訓が重視されたとし、本文の選択における撰者の能動性を指摘する。(24)

少し脱線するが、それでは、当該歌の現行の訓と『新古今和歌集』に採用された訓とではどのように表現性が異なるか。上野美穂子氏は、『万葉集』の歌は、表現を同時代の用例に照らして分析して「降雪(今現在降っている雪)」を詠んだものと指摘、それを踏まえつつ第三句「真白にそ」が「白妙に」に変化した背景をたどった上で、『新古今和歌集』に載る歌は「積雪（積もっている雪）」と「降雪」とを重ねた表現になっていると指摘している。[25]

話を戻す。この訓の問題において興味深いのが定家のケースである。定家は、『定家八代抄』『秀歌大体』『百人秀歌』では『新古今和歌集』と同じ訓を採っていた。ところが、『定家物語』では違う訓を採っているのである。該当箇所を見てみよう。

田籠浦

万葉集第三

山辺宿禰赤人、望不尽山歌一首并短歌（長歌省略）

反歌

田籠之浦仁打出而見者真白衣不尽能高嶺尓雪波零家留

たこのうらにうちいてゝみれはしろたへのふしのたかねにゆきそふりける

『定家物語』は、ある貴顕から、一説には順徳院から質問された十五の不審項目に回答した書物である。当該歌が登場するのは「田籠浦」と立項された部分。右の引用の後には、前に引いた『古今和歌集』の「駿河なる」（恋一・四八九）の歌や、越中国守時代の大伴家持とその一行が「布勢の水海」の「多祜の浦」

に遊んだ際に詠まれた歌（巻十九・四二〇〇）の一部が続いて引かれ、「今案、駿河田籠浦潮、越中多祜浦湖候歟」と述べてこの項を終えている。

その内容を先に説明しておきたい。

越中国の「多祜の浦」は、現在の富山県氷見市に広がっていた「布勢の水海」と呼ばれる潟湖の浦のひとつで、

藤波の底なす海の底清み沈く石をも玉とぞ我が見る　（巻十九・四一九九）
多祜の浦に底さへにほふ藤波をかざしてゆかむ見ぬ人のため　（巻十九・四二〇〇）

等の越中万葉歌によって藤の名所として定着していった。特に後者の内蔵縄麻呂（くらのなわまろ）の作は三番目の勅撰和歌集である『拾遺和歌集』や『和漢朗詠集』に入集し、人口に膾炙した歌であったと見られる。

ところが、院政期頃には駿河の「田子の浦」と越中の「多祜の浦」とは混同され始める（仮名で表記すればいずれも「たこのうら」）。例えば、すでに何度か言及した『五代集歌枕』では、「たごの浦」の項に『万葉集』の「田子の浦」の歌と「多祜の浦」の歌とが混在しているし、また順徳天皇が主催した『建保名所百首』（けんぽうめいしょひゃくしゅ）（建保三年（一二一五）成立）という百首歌では、春二十首の部立の中に「田籠浦」があるが、やはり二つの浦を混同しているような例も認められる。承久三年（一二二一）には草稿が成っていたとされる順

徳院『八雲御抄』は従来の歌学書を集大成した著作で、その名所部では二つの浦は別に記されているが、『定家物語』が順徳院の質問に答えた書物であったとするならば、院はなお不審を抱いていたということになる。定家は「田子の浦」は海であり、「多祜の浦」は湖と答えている。

当該歌について注目されるのは第五句。これは定家が関わった他の書物とは異なり、『五代集歌枕』のそれと同じものになっている。久保田淳氏はこのことについて、「定家の内においてもこの歌の訓に揺れていた」(26)と述べているが、その揺れはどのようなものであったのか。

『定家物語』は『万葉集』の歌を引く際、その原文も併せて載せることが多い（十首中八首）。したがって、当該歌においては引用した原文の第五句末尾「家留」の規制によって「ける」と書かざるを得なかったのではないかとまずは推察される。「家留」ではどうあっても「つつ」とは訓めないだろう(27)。とは言え、同じ第五句、原文「雪波」と書きながら「ゆきそ」と訓み記している。すなわち、文末が「降りける」と連体止めである以上、どこかに係助詞を求めねばならず、それを解決してくれるのが『五代集歌枕』が採用していた訓であったということなのだろう。これらのことからすると、定家は『万葉集』の原文を引いても、それを訓み下したのではないのではないかと想像される。

しかもその原文についても、傍点を附した箇所は現存する『万葉集』の写本には認められない。そもそも当該歌の原文は諸本間にほとんど異同が存しないのである（『類聚古集』にて「白」が「日」（「曰」？）となっているのみ）。歌の冒頭の「田籠」という表記は院政期にしばしば見えるが、あるいはその表記で質問されたために、原文を引用する際に影響したということが可能性として想定される。他方、「仁」の文字は、当該歌第一句が「田子の浦に」というかたちで定着していた為、それに引きずられたということになるのだろうか。そうであるとすると、定家は『万葉集』を傍らに置いて——と言うのも、さすがの定家であっても『万葉集』の原文を暗記していたとは思われない——それを見ながら書き写しはしたものの、書物の性格上、彼が写本を作る際のような忠実かつ厳密な書写態度ではなかった、臨模したのではなかったということになる。それは、当時通行していたテキスト、音、表記等が様々に交錯し、同時に学者定家と歌人定家とが揺れる場としてこの引用はあるということになるのだろう。

では、『万葉集』の写本における付訓はどのようであったか、全ての句について詳細に記すことは紙幅の都合上不可能であるため、略述するに留める。

第一句「田児子之浦従」は広瀬本別筆のみ「タゴノウラユ」（神宮文庫本も「タゴノウラユ」だが、「ユ」は「ニ」に加筆して修正したように見える）、それ以外は「タゴ（コ）ノウラニ」である。第一句が「タゴノウラユ」と訓まれるようになるのはずっと時代が下ってから、江戸時代中期の国学者・荷田春満（かだのあずままろ）の『万葉集童子問』（まんようしゅうどうじもん）（享保年間（一七一六〜三六）成立）に見える改訓以降と考えられる。

第三句「真白衣」は、平安時代後期書写の『類聚古集』や鎌倉時代中期書写の『古葉略類聚抄』（こようりゃくるいじゅうしょう）が「シロタヘノ」であったが、西本願寺本は鎌倉時代の学僧仙覚（せんがく）による改訓として「マシロニソ」とあり、以降の写本はこの訓を踏まえる。

第五句「雪波零家留」は、『類聚古集』が「ユキハフリツツ」としている他は、ほとんどが「ユキハフリケル」である。

小松靖彦氏は、様々に訓まれていた万葉歌が「『新古今和歌集』以後の都の歌集・歌書では、『新古今和歌集』の採択した訓にほぼ統一されてゆく[28]」と述べている。結果として、万葉学の進展にもかかわらず当該歌はふたつのかたちが並立し続けることになる。そのずれを歌学者たちはどれほど意識していただろうか。

例えば、仙覚の万葉学を継承したと言われる鎌倉時代末期から南北朝時代にかけての学僧・由阿は『万葉集』中に見える語句について説いた『拾遺采葉抄』（貞治六年（一三六七）成立）にて、

一、真白衣　新点マシロニソ　古点シロタヘニ

と記すが、その七年後、歌全体の注釈を試みた『青葉丹花抄』（応安七年（一三七四）成立）で採った本文は『新古今和歌集』のそれであった。宗祇も万葉歌の注釈書『万葉抄』（文明六年（一四七四）～十四年（一四八二）の間に成立か）にて当該歌を挙げているが、本文が『新古今和歌集』のそれである。

中世において、『万葉集』と『新古今和歌集』および「百人一首」とのずれが問題となった形跡は認められない。近世にさしかかろうとする頃、細川幽斎は万葉の歌を「改めて新古今に入れられたり」（『幽斎

抄』）と述べているが、せいぜいその程度の認識であったと考えられる。

だが、その「改め」が次第にクリティックの対象になってくる。江戸時代前期の歌学者・下河辺長流による「百人一首」の注釈書『三奥抄』（貞享三年（一六八六）長流没により未稿）では、

赤人の歌、万葉には真白にそ雪は降けると読りしを白妙の雪は降りつゝと載たるは朗詠集より後の事歟。

と、「真白にそ」が「白妙の」に、「降りける」が「降りつつ」と改められたのを「朗詠集」以降と推測している。この推測は、契沖『改観抄』、真淵の『うひまなび』や、『万葉集』から百首の歌を選んで注釈を附して編んだアンソロジー『万葉新採百首解』（宝暦二年（一七五二）成立）にも引き継がれる。

此短歌すなはち今の歌にて、腰句ましろにぞ、はての句雪はふりけるとあるを、ここに載るごとくは、朗詠集にかくていれるより後の事歟。（『改観抄』）

朗詠集その外にも、此歌の三の句をしろたへ、末を降りつゝとて、題しらずと有は、万葉をば見ず、人の口づからいひ伝へたるまゝなるか。（『うひまなび』）

しかし、ここで言われている「朗詠集」とは何であろうか。穏当に考えれば『和漢朗詠集』のことを指しているのと捉えるのが妥当であろうが、それには赤人の富士の歌は載らない。また『新撰朗詠集』にも載らない。あるいは、同じ赤人の歌で『和漢朗詠集』に載る、

明日よりは春菜摘まむと標めし野に昨日も今日も雪は降りつつ　（巻八・一四二七）

の歌が広く知られるようになったことで、当該歌の第五句もいつしかそのように変えられてしまったということだろうか。そうだとしても第三句については説明がつかない。そもそも『和漢朗詠集』中に「しろたへの」という句を持つ歌は存在しない。このこと、不審である（何かご存じの方はご教授下さい）。

この他、春満『万葉集童子問』や彼の言葉の聞き書きを多く収める荷田信名（かだのしのぶな）『万葉集童蒙抄（まんようしゅうどうもうしょう）』（成立年次不明）、真淵『うひまなび』『万葉新採百首解』もそれぞれに第三句および第五句の異同について論じており、特に春満は改変について強い憤りを示している。

扨此歌を新古今集に、下の句を白妙のふじの高根に雪はふりつゝと引直して被入、且世にもてはやす百人一首といふ偽作の書にものせて、心得難き引直しの句を、赤人の歌ともてはやさるゝ事、数百歳の僻説、今尚歎ずるにも余りあり。先代の歴々も此集を悉くは見ざりけるにや。心得がたき事

ども也。

岸本由豆流『万葉集攷証』（文政十一年（一八二八）完成）、鹿持雅澄『万葉集古義』（弘化二年（一八四五）完成）等にも認められる、『万葉集』の歌を尊び、『新古今和歌集』および「百人一首」に見られる本文を一段下に見るようになる姿勢の変化は、歌学から国学へという近世の和歌研究の趨勢と連動していると見て大過ないだろう。

この姿勢は、近代に入っても澤瀉久孝『万葉集講話』（出来島書店　昭和十七年（一九四二））、武田祐吉『万葉集全註釈』（角川書店　昭和三十二年（一九五七））、久松潜一『万葉秀歌』（講談社　昭和五十一年（一九七六））にまで引き継がれている。

おおまかに言って二五〇年もの間、そのような見方が主流を占めていたことになると思われる。その背後には、あるいは「『万葉集』は素朴だから素晴らしい」という文学（史）観が（それは今なお失効していないが）横たわっていたと見るのはあながち誤りではあるまい。別様に言えば、国学的な文学観が姿を変えて長く影響を及ぼし続けていたということになるのだろう。

万葉の歌と新古今の歌、それぞれの良さが認められるようになってきたのは、憶測になってしまうが、昭和五十年代以降かと見受けられる。

新古今集の歌は、それはそれで、田子の浦とまっ白な富士山と、降りしきる雪とを配置して優美な風景を観念の世界で造型したのであるから、文芸思潮の相違として鑑賞すべきであって、万葉集の下落した姿と解すべきものではないと思う。

平成に入ると、万葉学者の中にも新古今のかたちを積極的に評価する者が出てくる。伊藤博『万葉集釈注　二』（集英社　平成八年（一九九六））は次のように述べている。そしてこのような理解が現在の主流と見て良いと思われる。

西宮一民『万葉集全注　巻第三』（有斐閣　昭和五十九年（一九八四））の言である。

人びとは、中世のこの富士の歌をしばしばあざ笑う。しかし、中世的な富士の幽なる姿を描き出している点で、これは秀吟といわなければならない。一つはいかにも万葉的、一つはいかにも新古今的である点がよく、価値もまたそこに存するのである。

おわりに

以上述べてきたことをまとめよう。

赤人の当該歌は王朝期においてはさほど評価されていなかったが、院政期における『万葉集』再評価の機運および叙景の歌の誕生に関わって注目されるようになっていったと思われる。そして『新古今和歌集』に入集し、ひいては「百人一首」に採録されたこと、この書の広範な流布と定着によって赤人の代表作として知られるようになったと言えるだろう。

ただし、その訓は、院政期においても様々に揺れていたことが窺われる。やがて『新古今和歌集』および「百人一首」の採用した訓が定家の権威と相まって固定したことで、『万葉集』の当該歌に現行の訓が附されるようになった後も変更されることなく――というよりも、「百人一首」があまりに広範に流布したため、実際問題として変更は不可能であったろう――ふたつのかたちが併存することになった。そして国学の興隆によって、万葉のかたちを尊び、新古今のかたちを劣ったものとする見方が生まれ、それは昭和時代の後半までは続いたと見られる。

当該歌の評価は訓の揺れという問題とも関わり、複雑な歴史を辿ることになった。王朝～院政期における当該歌の訓は、厳密に言えば確かに誤読ということになる。だが、その誤読は当該歌にもうひとつのかたちを与えた。そのかたちはオリジナルとは異なるものの、中世和歌の美質を湛えた名歌としていのちを得たと言えるだろう。結果として私たちはこのふたつのかたちを味わい楽しむことができるようになった。それは稿者には喜ばしいことと思われる。

注1　番組サイトより。https://web.archive.org/web/20100318060018/http://www.nhk.or.jp/man-youshuu/bangumi/index.html

2　巻十六の「能登国の歌三首」（三八七八～三八八〇）および「越中国の歌四首」（三八八一～三八八四）を加えると三十二首・三十四回になる。

3　1・一、1・二〇、3・三二八、3・四一五、7・一〇六八、16・三八二六。

4　東京書籍302・304、大修館書店312・313、数研出版316・317、明治書院318・320、筑摩書房322・323

5　紙宏行「田子の浦」久保田淳他編『歌ことば歌枕大辞典』角川書店　一九九九

6　それに加えて、赤人の真間の手児名の墓を詠んだ歌の長歌末尾「言のみも　名のみも我は　忘らゆまじ」（巻三・四三二）および第一反歌の上句「我も見つ人にも告げむ」（巻三・四三二）を学んだように見える。

7　松平文庫本『赤人集』には長反歌とも収載されている。ただし、『古今和歌六帖』と同時期頃に成立したと考えられる『赤人集』は、そもそも赤人の歌をほとんど収載しておらず、『万葉集』巻十の作者未詳歌が中心で、現存する写本は西本願寺本系統・書陵部本系統・陽明文庫本系統の三系統に整理される歌集である。そうしてこの松平文庫本は、書陵部本系統ながら「勅撰集からの孫引きで中世末頃の加筆と見るべきか」（渋谷虎雄『古文献所収万葉和歌集成　平安・鎌倉期』桜楓社　一九八二）とされる増補部分を持ち、そこに当該長反歌が収載されている以上、平安時代の文献として無批判に扱うことはできない。

8　菊地靖彦「解説　忠岑集」『貫之集・躬恒集・友則集・忠岑集』明治書院　一九九七

9　兼築信行「万葉・古今・新古今に富士山はどう詠まれたか」『国文学』第四十九巻第二号　二〇〇四

10　島津忠夫「新古今歌風形成と万葉語・万葉調」『和歌文学史の構想　和歌編』角川書店　一九七七　初出一九六九

11　これは治承三年（一一七九）頃に成立した『治承三十六人歌合』にも載る。

12　長澤さち子「千五百番歌合における二条院讃岐の歌――古典摂取と同時代歌人からの影響について――」『和歌文学研究』第七十二号　一九九六

13　谷知子「『金葉集』『詞花集』の叙景歌――橘俊綱の「自然」」『国文学　解釈と鑑賞』第七十二巻第三号二〇〇七

14　錦仁「〈風景〉をうたうとき――中世和歌への視点――」『文学』第三巻第二号　二〇〇二

15　文永本および写字台文庫旧蔵本によれば藤原有家も。なお、『続歌仙落書』（貞応元年（一二二二）～同三年（一二二四）の間に成立）という、鎌倉時代初期の有名歌人二十五人について、それぞれに歌風を批評し、秀歌を挙げ、評歌（その歌人にふさわしい古歌）を添えた書において、有家の評歌には赤人の富士の歌が添えられている。あるいは、文永本等に有家の名前があるのもこの『続歌仙落書』の記述と何らかの関わりがあったか。

16　吉海直人『百人一首の新考察――定家の撰歌意識を探る――』世界思想社　一九九三

17　吉海前掲書

18　次に引く『宗祇抄』とも関わってくるが、応永十三年（一四〇六）の奥書を持つ『宗祇抄』の写本は『応永抄』とも呼ばれ、その作者に南北朝時代の僧侶・歌人の頓阿を充てる説がある。すなわち流布した『宗祇抄』は『応永抄』の増補に過ぎず、したがって本稿の関心に即して言えば『応永抄』が赤人の当該歌について論評した現存最古の文献ということになるのだが、この奥書の信憑性を疑う説が出されている（石神秀美「『百人一首応永抄』小論――応永の奥書を疑う――」山田昭全編『中世文学の展開と仏教』おうふう　二〇〇〇）。

19 宗祇の注釈が主流であったとは言え、例えば室町時代後期の僧侶・歌人の経厚による『経厚抄』（享禄三年（一五三〇）成立）等、宗祇とは別系統の注釈も存するが、それらもまた当該歌についての評価は高い。

20 小高道子「古典の継承と再生」『岩波講座日本文学史　第七巻』岩波書店　一九九六

21 鈴木元「伝授――「百人一首」受容史の一側面」『国文学』第五十二巻第十六号　二〇〇七

22 もっとも、『千五百番歌合』の最古の写本である高松宮家本は南北朝時代を下らない時期の書写であり、書陵部本は江戸時代前期の寛文年間、東大本と水戸彰考館本は江戸時代後期の書写とされている以上、必ずしも鎌倉時代初期の実態として捉えることはできまいが、ひとつの参考にはなると考える。

23 小島吉雄「新古今和歌集中の萬葉歌について」『新古今和歌集の研究』星野書店　一九四四

24 小川（小松）靖彦「「よみ（訓み・読み）」の整定――『新古今和歌集』の「萬葉歌」をめぐって――」『萬葉学史の研究』おうふう　二〇〇七　初出一九九九

25 上野美穂子「萬葉集と新古今和歌集・小倉百人一首の赤人「富士山歌」――「ま白にそ富士の高嶺に雪は降りける」試論」『秀明大学紀要』第十三号　二〇一六

26 久保田淳『新古今和歌集全評釈　第三巻』講談社　一九七六

27　小松靖彦氏は平安後期における当該歌の訓読について、
　平仮名「つゝ」と「け（字母「介」）る（字母「留」）」とは崩した時の字形が近い。「ける」が「つゝ」を誤写したものであるという根拠が、一応ツツという訓には得られるのである（小松前掲論文）。

と述べているが、『定家物語』において「家留」は「つゝ」と読むべきほどに崩していたかどうかは不明。

28　小松前掲論文

※参照した本文は以下の通りだが、読みやすさを考慮して適宜表記等を改めた。『万葉集』（万葉集全解）、『古今和歌集』（新日本古典文学大系）、『忠岑集』『馬内侍集』（和歌文学大系）、『蜻蛉日記』（新編日本古典文学全集）、『千五百番歌合』『袖中抄』『清輔集』『治承三十六人歌合』『出観集』『五代集歌枕』（新編国歌大観）、『和歌初学抄』『古今集注』『定家物語』『耳底記』『聴玉集』（日本歌学大系）、『拾遺采葉抄』（万葉学叢刊）、『宗祇抄』『三奥抄』（百人一首注釈書叢刊）、『新古今集聞書』（新古今集古注集成）、『改観抄』（契沖全集）、『万葉集童蒙抄』（荷田全集）、『にひまなび』（賀茂真淵全集）。

調べる楽しさ――研究の外側から――

関　隆司

「日本古典文学大系」と「国史大系」

武川武雄『日本古典文学の出版に関する覚書』（日本エディタースクール出版部、平成五年）という貴重な記録がある。岩波書店で「日本古典文学大系」の第一期・第二期出版の準備に関わった武川氏が、出版関係の研究会での発表内容をまとめたものである。

まず、明治からの古典文学双書についてまとめたものが大変参考になる。そして、「日本古典文学大系」の出版に関わるさまざまな作業について、その裏側を知ることができる。

いま、その目次から本稿の読者が興味を持つであろう章立てだけを拾えば次のようになる。

第一章　明治初期より一九五七（昭和三二）年までに出版された日本古典文学の双書

この一書によって、「日本古典文学大系」出版社側の事情は、ほぼすべてが理解できる。一方、原稿を執筆した担当者の話は、どのようなことを知ることができるだろうか。

よく知られているように、『風巻景次郎全集』の第十巻「戦後日記・書簡」を読むと、担当原稿の督促に疲弊していく姿を垣間見ることができる。学者の日記が公開されていればさらに情報が得られるだろうが、活字化された学者の日記を残念ながら他に知らない。日記ではないが、「日本古典文学大系」の『万葉集』と『日本書紀』の担当者が記したものがある。「月報」である。

「日本古典文学大系」の配本一冊目は『万葉集一』であった。昭和三十二年五月のことである。これに「月報1」が付されている。『万葉集四』が配本されたのは昭和三十七年五月で、付されたのは「月報59」である。ここに、

校注を終わって　五味智英

感想　大野晋

が掲載されている。二氏の記述を読めば、複数名で担当する大変さがよくわかる。いま私の興味のままに五味の記述から抜き出してみよう。

これでは何時本が出来るかわからないので、ともかく第一次草稿を大野が書き、その際題詞・左注に関する注と、歌の中の人物・地理・動植物関係の注とは空白にしておき、五味が埋めて第二次草稿とし、これについて二人で討議して原稿を完成するという運び方にした。難解で二人とも空白にして残した個所もあり、これも討議の際に埋めることにした。

この討議は、出版者が設定した場所で行われ、五味の記述によれば「万葉ウイドーの嘆きをよそに、長い長い行軍をしたのであった」とあるから、宿泊を前提とした数日にわたるものであったのだろうと想像される。『万葉集』は長い。当然、そのような余裕は無くなってくる。

巻十二・巻十四は刊行時期に迫られて討議の余裕がなくなり、五味は校了間際に一二発言したのみである。

題詞・左注その他漢文の訓み方については中田祝夫博士、第二冊の同様漢文の部分の訓み及び注（補注も）については小島憲之博士の援助を仰ぎ、従来と面目を一新することを得た。

補注のうち小島博士の分はその旨明記したが、他は大野が大部分、五味が小部分で、後者は語学関係以外の事項の一部分である。補注はいつも滑り込みの状態で印刷所に入れるので、討議の余裕がなく、あらかじめ輪郭を話す程度であった。

これを読む限り、『万葉集一』だけが複数名担当の意味を持ち、きちんと作業が進んだもので、『万葉集二』と『万葉集三』は大野晋校注本と呼んでもよいのではないかと思われてくる。しかし、事実はそれ以上であった。

以上は第三冊目迄の大体であるが、第四冊は大分様子が違った。大野氏は学位論文を書くことになり……私は旧学位制度最後の年とて殺到する論文の審査に忙殺されることになった。……大野氏の方はともかく、私の方はこの三月まで公務多忙で、大系の刊行計画に変更がない限り、到底従来のようには出来ない。それで巻十五―五味、巻十六―高木、巻十七以下―大野と主任を定め、分担執筆し、異見が出てもあまり執着せず、主任に任せることにした。全く已むを得ない処置で、従前のように出来なかったのは残念である。原稿のうちの討議は、巻十五が大野・五味、巻十六が三人、巻十七以下は出来ず、校正段階で著しい点について行ない得たに過ぎない。補注は巻十五―五味・大野、巻十六―高木・大野・五味、巻十七以下―大野で、ほかに小島博士稿がある。

このように、『万葉集四』の「越中万葉」を含む巻十七以下は、大野の単独稿ということが明らかにされているのである。

そして、次にような記述がある。

終に当って、岩波書店の労を謝しておきたい。厳しい督促にあらがったこともあるけれども、設営に連絡に校正に払われた努力と配慮はたぐい稀なものであった。

五味も「厳しい督促にあらがったこと」があるのだ。どのようなことがあったのだろうか。

右に名前のあがっている小島憲之氏の記録は、『万葉集』三の「月報29」に、

「万葉論議」観戦記　　小島憲之

がある。ここには、巻五の「凶問」、「申宴会」、そして憶良の「沈」を五味・大野にどのように解説したのかという具体例が示されている。それが生かされているのかどうか確認するのはおもしろい。

『日本書紀』は、「日本古典文学大系」の第二期配本であった。「上」が百冊目の最終配本であるため、その「月報」には、出版社の「完結にあたって」と、全体の監修者代表として久松潜一「日本古典文学大

系の完成に際して」が掲載されていて、担当者の感想のようなものはない。

これに対して、「下」は昭和四十年七月の刊行。「月報」は通し番号ではなく、「第二期第十六回配本」とあり、

「日本書紀（下）ができるまで」　井上光貞
「日本書紀」の校注を分担して　大野晋

が掲載されている。ここも担当は大野なのである。

井上の記述によって、高木・五味・大野の三氏が担当した『万葉集』に比べて、さらに複雑な編成であったことがわかる。

基本的に担当したのは、昭和二十八年に発足した「日本書紀研究会」であった。この会は、家永三郎の発起で、坂本太郎を中心として「国漢文」から小島憲之、「漢文」から神田喜一郎、「国史」から井上光貞・関晃。「朝鮮史」の末松保和、「建築史」の福山敏男などというメンバーでの毎月一回の研究会が行われていたという。

「日本古典文学大系」の『日本書紀』を引き受けたのは、昭和三十六年の十二月という。最初に決めた編集方針がしっかりと記されている。

まず下巻からはじめること、国語畑の大野晋氏が訓み下し文を作ること、その下書きを林勉氏が進めること。頭注はほぼ八対二の割合とし、八割分を国史畑の会員が分担執筆し、残りの二割は大野晋氏が執筆すること、福山氏が建築史、寺院都城などを、末松氏が東洋史、特に朝鮮史を、家永氏が思想史、特に仏教関係記事を分担、又は校閲することなどがきまった。そして国史畑の会員の分担は、次の通りであった。

武烈・継体・安閑・宣化紀 ─土田直鎮
欽明・敏達紀 ─関晃
用明・崇峻・推古・舒明紀 ─黛弘道
皇極紀 ─坂本太郎
孝徳紀 ─井上光貞
斉明・天智・持統紀 ─青木和夫
天武紀上下 ─笹山晴生

この本の一番の縁の下の力もちは、諸本を校合し、一定の原則をきめて訓み下し文を作る仕事をひきうけた大野晋・林勉の両氏であったといってよい。

本文の巻々が作られていくあとをおって、担当の巻の注釈に入っていった。はじめにできたのは、ヲコト点のある最古の写本をもつ推古紀・皇極紀であったが、三十八年の五、六月にそれができ上ると、担当者の坂本先生と黛氏が仕事をはじめることとなった、そして最後の持統紀をわりあてられた青木氏がその執筆を終り、ほぼ原稿をすべてととのえたのは、三十九年の九月のことである。

この後、原稿が実際に出版されるまでの紆余曲折も記されている。大変な作業であったことだけは実感できるが、「日本古典文学大系」の楽屋話は、どちらかと言えば古典文学作品の「注釈」に苦労する話に偏りがちである。

それに対して、昭和初期から刊行された「国史大系」の、「史料」の「翻刻」に関わる凄まじい苦労話が、「新訂増補国史大系」の「月報」に残されている。

昭和四一年四月の「月報43」に、吉川圭三「思いだすまま（一）——国史大系の出版印刷のことなど——」がある。この月報は、「新訂増補」のために昭和四十一年の記録なのだが、「国史大系」の出版は昭和初年からの話なので、この思い出話は、吉川弘文館の明治時代の創業から始まっている。社屋の移転などの話などがあり、「国史大系」の思い出となる。

監修者の黒板勝美の校正の激しさが「すでに天下に有名であった」もので、「その豪快な校正は、印刷工泣かせの定評があった」とある。編集関係の忘年会などにも印刷屋も呼んでねぎらっていたほどだという。だから、この月報に担当した印刷所の詳しい紹介が載っているのだ。

「月報47」に「思い出すままに（二）」が続く。当時の「予約出版」が、「予約出版法」に則したもので警視庁に計画書を提出した通りに進めなければならなかったために、黒板の校正方法では問題になることは目に見えていたのだが、「黒板先生がそんなことで譲歩なさるはずは、もちろんあり得なかった」と記されている。そのため、優れた植字工を専任者として契約したのだという。その一人目は、「彼がいまだ働きざかりの若さで急死されたのも、十年にわたる国史大系の消耗と疲労の結果とも思われ、何とも痛惜にたえない。まさに国史大系の出版に殉じたような生涯であった」と驚くような記述があるのだ。

「思い出すままに（三）」は、「月報56」。「徳川実紀」など大系中最大の十九冊を組上げた担当者の話のあとに、「戦前と現在の印刷事情の違い」が記されている。

坂本太郎の談話として、戦前は、予約出版の法律に縛られて十分な校訂ができなかったのに対して、戦後は十分な時間をかけてやることができた。しかし、戦前は「労働基準法」という制約がなかったから無理を押し通せた。そして、テレビが無かったことも良かったとある。

われわれが国史大系の校訂に没頭していた時代は、いまのいわゆるレジャーというようなことがなかった。休日も夏休中もかき入れ時と心得て仕事にはげんだものであった。

この経験の上に、「日本古典文学大系」の仕事があるわけである。

続く「思い出すままに（四）」は、「月報58」。戦時中の思い出が記録されている。例の法律により警視庁から注意を受けていたため、出版打ち切りを決意し、警視庁に「廃絶願い」を出したことが記されている。戦前最後の出版は『令集解』前篇であった。戦後にどのように再開したのかも記されている。最後の刊行が『尊卑分脈』で、その校訂の詳細はこの「月報58」の別稿にある。「月報」だからこそ記された重要な記録が大量にあるのだ。

そしてまた、「新訂増補国史大系」の「月報」に、次のような筆者の文章も載っているのである。

「抄出」の語について　大曽根章介
和歌序のついて　大曽根章介
誦習の背景　亀井孝
日本と本朝　久曽神昇
古事記の太后　曽倉岑
索引漫談　長澤規矩也
日本書紀の私記について　西宮一民

全集などの「月報」にこそ、その出版物の意志や意欲が示されていると考えている。

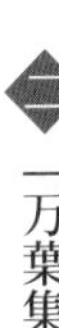

「万葉集大成」と「万葉集注釈」

昭和二十八年三月から配本の始まった「万葉集大成」の「月報」には、十頁を越える読み応えのあるものがある。とても「月報」という軽い感じのものではない。

「第3号」に無署名の「大伴家持の自署」がある。太政官符の公開に関わるもので、これは「第5号」に、彌永貞三「再び大伴家持の自署について」を呼ぶことになる。彌永が前年に「日本歴史」へ出していた紹介文への本人による追補で、実に八頁にも及ぶ論述である。

「第4号」には、尾山篤二郎「奈良朝の楽器」と吉永登「芦屋の処女塚」が載る。正倉院に残る楽器の一部についてのものなのだが、尾山が取りあげているところに意味があるだろう。吉永のものは、昭和二十七年の探訪記で、よく知られている古墳の紹介の他に、西郷町味泥の大塚山に戦前訪ねた思い出話と原状の紹介がある。他で取上げられたことを知らない。

「第6号」の高崎正秀「折口先生と万葉学」では、大正八年の國學院大學の授業の様子がうかがえる。折口の万葉集編纂説が、高崎の言葉でまとめてある。

「第7号」には、小栗福夫「名古屋地方の万葉研究」と小島憲之「御物拝観記」がある。小栗のものは、尾張の国学の諸氏を詳細に紹介した上で、その伝統の上に上田万年・吉澤義則・高木市之助・久松潜一がいることを説く。無論、美夫君志会と美草会に触れており、美夫君志会の「万葉研究一千年記念」事業に触れている。小島は、単に見たというだけでなく、「桂本」と「金沢本」について、本文批評など、他では見かけない内容が記されている。

「第9号」の上村六郎「万葉の歌と正倉院」は染料の話。東山晋士「奈良朝の音楽について」は、「音楽史研究家」による注も細かく整理された論文である。

この号に載る井上三綱「万葉画集の思ひ出」はまったく知られていない話だろう。まず、戦前に華族会館で毎月一回「万葉聴講会」が開かれていて、井上通泰の万葉集講義があり、皇太后宮での万葉集講義も週一で通っていたという。そして、この「万葉聴講会」が中心となって、皇紀二千六百年記念事業として「万葉の大衆化のために小倉百人一首の形式にして出版したい」となり、通泰が百首を選び三綱が絵を描くことに決まったのだという。

ところが、三綱が通泰に直接相談すると、まず三綱が「絵になる歌」を三百選び、その中から通泰が百首選ぶと決められてしまう。歌を選ぶことになってしまった三綱は、困って斎藤茂吉を訪ねるのだが、茂吉からはカルタは百人一首に任せて、いままでにない形式の画集にすべきとだと意見されてしまう。そこで、通泰の弟である柳田国男に相談したところ、「老人達の感覚はニブイ、それらのいふ通りになつては駄目だ」と言われ、結果「万葉画集」となったそうである。出版は遅れて昭和十九年四月。すでに井上通泰は亡くなっており、最初の一冊を多磨墓地に埋め、次に大宮御所に届けたとある。

私は、皇紀二千六百年に関わるものとして、佐佐木信綱・新村出編『万葉図録文献篇地理篇』（靖文社）しか知らないのだが、これに関しては、同じ9号に鳥山榛名「万葉集の西遷」が触れている。ところで、井上の話は、その後がある。そのまま掲げておこう。

日本では万葉集といへば好戦的気分のもののやうに思はれるが、戦時中に万葉集が大衆化され誤って紹介されたからである。ところがアメリカの文化圏であるアメリカン・クラブが、昭和二十八年度の仕事として最初に選み出したのが、この万葉画集の英訳再版であつた。

まったく知らない話であった。戦時中の話としては、「第15号」に掲載されたＮＨＫ文芸部長片桐顕智「万葉集の放送」がおもしろい。

正月のラジオ放送では、きまって万葉集の朗詠が放送されていたのだそうである。その放送に佐佐木信綱と斎藤茂吉が応じなかった話。折口信夫の収録時の模様や、五味智英が「野」を「ノ」と最新の訓みで放送して苦情が来たことなどが記録されている。

なお、折口には昭和二十年二月十日に放送されたラジオドラマ「難波の春」があることを紹介し、その内容に詳しく触れている。家持と安倍沙美麿が防人の歌を肴にして防人について話あい、やがて酒の酔いに夢を見始めるという構想は、今でも十分に魅力的である。

「第14号」の、小清水卓二「一千二百年前の『もみぢ』」を読むと、昭和二十九年の平城宮跡発掘で、家持たちが見たモミジ葉が出土していたことがわかる。

秋のもみぢした色彩を鮮かに帯びた雑木類の落葉濶葉樹の葉が多数発見されたこれらの葉が多くは埋没当時の秋の自然の葉々であることは、その葉柄基部にに秋の落葉時に出来る離層部がよく形成されてゐることで證明できた

発掘時のカラー写真は、期待しても無理であろう。

「第19号」の藤森朋夫「大和三山にのぼる」は、副題に「─茂吉先生とともに─」とあり、斎藤茂吉との思い出かと思うと、澤瀉久孝との万葉故地めぐりの思い出が語られている。一方、市村宏「世阿弥の万葉学」は、世阿弥を軸にして万葉集の享受史が語られている。その中で、中世に、文武天皇の命による人麻呂奉勅撰説があったことを知った。

「第22号」が終刊である。目次には記されていないのだが、「万葉集大成総正誤表」が付されている。月報の無い古書を買うと訂正ができないことになる。

この訂正表の存在に気づいたのは、佐藤佐太郎「茂吉と万葉集」があったからである。

終戦後の茂吉の姿を記すものはいくつもあるが、次の話がここに載っていることを記録しておきた

い。

平野萬里が「軍国主義や帝国主義を捨てた序に万葉集を捨てたらよい」といふ文章を書いた。それに対して茂吉は「万葉集は尊ぶべき詩集で、侵略政治書でも、軍略書でもないのに、軍国主義を棄てたからといつて、万葉集を棄てよといふのはをかしくはないか。侵略政治を追放したからといつて、万葉集を棄てよといふのはおかしくないか。」といつた。そしてまた「純抒情詩としての、何ともいへぬ尊さが万葉集の歌から放射してくるといふことを、国民が理解し得た時代と、理解し得なかつた時代と、どちらに賛成すべきであらうか。若し国民がただ一人でも余計に、その尊さを理解し得たとせば、たとひ与謝野晶子や平野萬里に軽蔑されようとも、その時代は慶賀すべき時代なのである。賛成すべき時代なのである。

佐藤の文章はまだまだ続くが、本稿はここまでにする。

ところで、この「万葉集大成」の「月報」の執筆者紹介には生年月日が記されている。この情報が、現在においては大変貴重である。

たとえば、右に名の出た井上通泰を、

坪内逍遙　安政六年（一八五九）六月生

森鷗外　　　文久二年（一八六二）一月生
二葉亭四迷　元治元年（一八六四）四月生
井上通泰　　慶応二年（一八六七）十二月生
夏目漱石　　慶応三年一月生

と並べてみるとどうだろうか。ある意味わかりやすくなるのではないか。

とくに、研究者の場合は何となく感覚ではわかっていても、実際の誕生順に並べてみると、

金子元臣　　明治元年十二月
佐佐木信綱　明治五年六月
山田孝雄　　明治六年五月（本当は明治八年八月）
黒板勝美　　明治七年九月
柳田國男　　明治八年七月
尾上柴舟　　明治九年八月
吉澤義則　　明治九年八月
新村出　　　明治九年十月
窪田空穂　　明治十年六月
春日政治　　明治十一年四月

などとわかると、いろいろと納得できることがある。これ以降誕生の研究者も、

鴻巣盛広　明治十五年
斎藤茂吉　明治十五年五月
橋本進吉　明治十五年十二月
武田祐吉　明治十九年五月
折口信夫　明治二十年二月
高木市之助　明治二十一年二月
尾山篤二郎　明治二十二年十二月
澤瀉久孝　明治二十三年七月
土屋文明　明治二十三年九月（戸籍上は一月）

のように誕生年月で並べてみると、柳田と折口、武田と折口、茂吉と文明のような対比も、年齢差を考慮してみるべきなことがわかる。

「日本古典文学大系」の月報でとりあげた数名を並べてみても、

高木市之助　明治二十一年二月
坂本太郎　明治三十四年十月
五味智英　明治四十一年十一月

小島憲之　　大正二年二月

神田秀夫　　大正二年十二月

家永三郎　　大正二年九月

中田祝夫　　大正四年十一月

井上光貞　　大正六年九月

大野晋　　　大正八年八月

となり、大野が若者代表で血気盛んであったのか、などと想像するのもおもしろいだろう。

最後に、昭和二十七年創刊の「上代文学」一号に掲載されている役員を並べてみよう。

会長　佐佐木信綱　明治五年六月

顧問　山田孝雄　明治六年五月（実際は明治八年八月）

　　　柳田國男　明治八年七月

　　　吉澤義則　明治九年八月

　　　新村出　　明治九年十月

　　　窪田空穂　明治十年六月

　　　斎藤茂吉　明治十五年五月

　　　澤瀉久孝　明治二十三年七月

岡崎義恵　明治二十五年十二月

理事　佐佐木信綱　右既出

武田祐吉　明治十九年五月

久松潜一　明治二十七年十二月

折口信夫　明治二十年二月

高木市之助　明治二十一年二月

森本治吉　明治三十三年一月

常任幹事

藤森朋夫　明治三十一年七月

森本治吉　右既出

竹内金次郎　明治三十三年五月

西角井正慶　明治三十三年五月

石井庄司　明治三十三年七月

高崎正秀　明治三十四年十月

若浜汐子　明治三十六年

谷馨　明治三十九年八月

五味智英　明治四十一年十一月
田邊幸男　明治四十四年四月

となり、昭和二十七年において大正生まれが含まれていないことが気になる。参考までに大正初期誕生の研究者を一部掲げてみれば、

小島憲之　大正二年二月
神田秀夫　大正二年十二月
小西甚一　大正四年八月
中田祝夫　大正四年十一月
大久間喜一郎　大正六年十二月
古賀精一　大正八年一月
直木孝次郎　大正八年一月
川口常孝　大正八年七月
大久保正　大正八年九月
青木生子　大正九年

となる。私が活字でしか知らない名前、顔を見たことがある、声を聞いたことがある、講演を聴いた、などの違いは、間違いなく生年に関わるのだと理解できる。

ところで、「上代文学」を立ち上げた森本治吉が第五高等学校に進学して出会った教師が澤瀉久孝である。澤瀉はこの後京都帝国大学に移るので、澤瀉に京都大学で習った学生たちとは少しつき合い方が異なるのだ。

その森本より以前に、中学校で澤瀉に習った人物が作家の海音寺潮五郎である。このことを、私は『万葉集注釈』の附録で知った。

澤瀉久孝『万葉集注釈』の月報にあたるものは、「巻第○附録」と記されている。昭和三十五年の「巻第七附録」に、海音寺潮五郎「澤瀉先生の思い出」がある。大正五年、海音寺が鹿児島県加治木中学校四年生の時に、「国漢文」の教師として赴任してきた澤瀉の話で、その時の澤瀉の写真も載っている。

澤瀉は、その後第五高等学校へ移るはずだが、高等学校での話は、昭和三十九年の「巻第十三附録」に高木市之助「澤瀉さんと私」がある。

いま念のため手元にある『五高七十年史』を確認すると、

高木　「国語、作文」大正四年九月一日~九年五月十日

沢瀉　「国語、作文」大正八年八月三十一日~十一年八月十一日

と担当教科と在籍日がわかる。高木と入れ替えで赴任するのが八波則吉で、大正十年三月九日から上田英夫が澤瀉の同僚となっていることもわかる。

なお、第五高等学校で有名な二人は、

英語・ラテン語　ラフカヂヲ・ヘルン　明治二十四年十一月九日〜二十七年十二月三十日
英語　　夏目金之助　教頭　明治二十九年四月十四日〜三十六年三月三十一日

と記録されている。

本題に戻ろう。

海音寺潮五郎の思い出話の載る「巻第七附録」に、佐伯梅友「澤瀉博士の学問」がある。ここに第五高等学校から京都帝国大学に移って数年後の助教授時代の様子が記録されている。佐伯は、大正十四年入学。藤井・吉沢教授の下で助教授だった澤瀉に、購読で万葉集、特殊講義で明治の小説のうち明治のごく初めから夏目漱石までを習ったとある。

三年になった時に古事記の授業で上代特殊仮名遣いに触れ、それを最初に卒業論文にしたのは二年下の遠藤嘉基と記している。学生時代の話になると、入学年度や留年などのこともあり誕生順は役に立たなくなってくるので難しい。

佐伯が森本と澤瀉の話を少しだけ触れている。引用しておこう。

訓釈の決定に諸説を並べて批判し、例證をあげて論じてゆくのは、京都風だというようなことを、森本治吉君がどこかで書いたことがあるが、先生のいき方はそういう点で常に親切である。そのはじめは、大正十五年十月創刊の國語國文の研究の詞章研究で受けもたれた万葉集の講義（四号までは万葉集についての解説で、巻頭の雄略天皇の御製の講義が出たのは第五号すなわち昭和二年二月号からである）からといってもよかろうか。教室で聞くのとはまた違つた感じで、私たちはこの講義を待ちわびたものである。

澤瀉といえば万葉の故地旅行を思い出す人も多いらしく、「巻第十二附録」の石井庄司「万葉旅行のお伴をして」にはその第一回と最終回の思い出があり、「巻第十五附録」の扇畑忠雄「外光の中の『万葉』」、「巻第十七附録」の佐竹昭廣「キュウコウ先生」と読み継ぐことができる。

「巻第八附録」の阿川弘之「京都の万葉学者と私」は、当然のように『雲の墓標』に触れるのだが、それよりも、阿川が広島高等学校の中島光風の元で万葉集を習った時のテキストが新潮文庫版の『作者類別年代順万葉集』上下であったのは、中島と森本治吉が友人だったからとある。きっとどこかに森本が中島の死を悼んだ文章があると思うのだがどうだろうか。

阿川は、「悪い仲間」の後輩大濱嚴比古と記しているのだが、これを受けて、「巻第十附録」に大濱嚴比古「眞幸くて」がある。「学徒徴収の際、私にとつては最後と思はれた先生の万葉輪講を了へた時の拙作」の自作の初句が、題名の「真幸くて」である。どのような歌かは、ご自分で確かめられたい。

たとえば、こんな話も残されている。『注釈』の巻十二は、三十七年十二月刊行予定が翌年七月刊行とだいぶ遅れたようなのだが、「巻第十二附録」によれば、校正担当者の交通事故が理由だったそうである。

越中万葉に関わるものに触れておかねばならない。

澤瀉注釈が巻十七に入る前に、現地調査をしていることが「巻第十四附録」の「楽屋ばなし（十四）」に、次のようにある。

この春は北陸の歌枕をたづねようかと思つてゐます。北陸へは今迄度々行つてゐますが、いくりの森（十七・三九五二）へはまだ行つてゐないので、そのついでに越後まで行かうかと考へてゐます。今年は夏までに巻十八を終へ、夏休み中に巻十九を、秋から冬へ巻廿を、と考へてゐます。不備の点はそのあとで補足する事にして、ともかく、今年中に巻廿まで一応片づけたいと思つてゐます。

これは、昭和四十年のことである。この「いくりの森」はどこを指しているのか『注釈』を確認すれば、神社の写真に「伊久里の森」と注記がある。これは砺波市井栗谷の栴檀神社である。ここに万葉歌碑が建つのは平成になってからのことで、『注釈』の写真に映っている白い説明板は、境内の「綽如杉」のもの。井波瑞泉寺を建てた本願寺五代綽如のお手植えと伝える杉の巨木である。なお、『栴檀山村史』によれば、この境内の大藤は、昭和二十三年に伐採した時、直径「三尺八寸」あったという。

「巻第十六附録」の「楽屋ばなし（十六）」に北陸行の報告が載っている。

昨年の夏は北陸に遊びました。蜂矢宣朗君と同行で、この巻関係では熊来河あたりと机の島に上つてもみました。

昭和四十一年刊行のものである。翌四十二年一月刊行の「巻第十七附録」の「巻廿を書き了へて　楽屋ばなし十七」には、次のような記述がある。

この巻は家持の越中守時代の作であり、越中の地名が多く歌はれてをり、越中へは今迄度々行つてをりましたが、昨年夏蜂矢宣朗君と写真をとりに参り、旧知の和田徳一氏が集められた写真もいろいろ提供をうけ、また京都女子大学を出られた高岡市の谷村糸子嬢や富山市に住む長澤彰子夫人を煩はしたものもありますが、彰子夫人は紀州で私が案内してもらつた中山雲表氏の末女であるといふ因縁にもつながるのであります。

この話は、昭和四十三年二月刊の「巻第十九附録」に、蜂矢宣朗「北陸路」として詳しく続いている。二人きりの旅だったそうで、簡単に旅程をたどれば、

特急を金沢駅で降りて、羽咋から剣地に向かい饒石川近くの宿で一泊

穴水経由で珠洲の岬へ。飯田から船で七尾へ向かい和倉で一泊

モーターボートで机の島へ、さらに熊来河へ向かい堤防の石垣を登って上陸
〔ここで、澤瀉氏が堤防から葦の繁みに落ちた（？）らしい〕
気多神宮へ詣でて、羽咋の海の歌碑を見学、氷見へ向かい、宇奈比川、藤波神社、渋谿の都萬麻の
歌碑を見て、夕焼けの二上山を見ながら高岡へ

ここに、蜂矢本人のはじめての越中行の説明が続いている。昭和十八年九月のこととある。

半年繰上げで卒業する私にとつて学生生活最後の万葉旅行は、越中能登方面、九月十九日出発ときまつた。それは私にとつて生まれて初めての北陸路の旅でもあつた。夜行列車を高岡で降りて国府址を訪ね、二上山に登つた後、藤波神社から布勢水海（十八・四〇四四）の名残りをとどめる十二町潟を横目でにらみながら氷見へ。次の日は之乎路を越え、気多の社から和倉の湯へ。三日目、珠洲岬をまはる人たちと別れ、金沢からの夜行に乗継いで京都に帰りついたその朝が私たちの卒業式といふ、慌しい、しかし楽しい旅であつた。

澤瀉先生の背中を流し、流してもらう話と続く。
ところで、第十九附録の「楽屋ばなし（十九）」には、つぎのような記述がある。

> かたかごの花は毎年花の咲いた苗を蜂矢宣朗君が持つて来られたのでありますが、写真にとりかねてゐるうちに枯らせてしまつたのを、小坂浩子嬢の父君が写されたのがよく出来てゐたのでもらつたのであります。渋谿崎のつままは一昨年蜂矢君とその地に遊んだ時に写されたものであります。

伊藤博『万葉集釈注』の表紙に、かたかごがデボス加工されているのは、何か関わりがあるのだろうかと考えてもみたがどうなのだろうか。

最後に、「巻第十八附録」の「楽屋ばなし（十八）」に重大な事実が記されていることに触れておこう。

> 次に巻十七に誤を犯した事を、富山県立図書館の司書をしてをられる廣瀬誠氏から注意をうけたので、左に訂正します。

と、大変長い引用の後に、

> と述べられてゐるくはしい説を紹介して私の説の至らなかつた事をおわびする。

とある。この訂正は、果して周知のことなのだろうか。廣瀬の手紙からの引用が本当に長いので、興味があれば確認いただきたい。

 二つの「国文学」

昭和から平成の時代に、

「国文学　解釈と鑑賞」（至文堂）

「国文学　鑑賞と教材の研究」（學燈社）

という国文学系の商業雑誌が存在し、どちらも「国文学」であるため、前者を「解釈と鑑賞」、後者を「国文学」と呼び分けていたことがある。

私的な思い出を語れば、演習等で必要な論文があると、図書館で――現在と同じようにコピー料金も一枚十円までさがっていた――バックナンバーをコピーして、つい適当に「国文学○年○号」などとメモをしておくと、本当に「鑑賞と教材の研究」だったのか不安になり、再度確認したりしたものである。なお、同僚の一人は、「表紙のきれいなガクトウシャ」と、「ガクトウシャじゃない方」と区別していたという。いろいろである。

その「国文学」二誌の万葉集に関する歩みをたどってみよう。

至文堂の「国文学　解釈と鑑賞」は、早く昭和十一年の創刊である。第一号の巻頭は、藤村作「われらの主張」で、表紙に「主幹　文学博士藤村作」と記す気概がよくわかる。

雑誌名ともなっている「解釋と鑑賞」の見出しで二本の論がある。

一つは「古事記　天地開闢　武田祐吉」、もうひとつが「万葉集　山上憶良の歌一首　久松潜一」で以後連載となる。そして「古事記」の特集が組まれている。

特輯　古事記の研究

葉広ゆつま椿　藤田德太郎
稲羽の素兎　倉野憲司
志毘呂の歌　木本通房
古事記を読むのに先づ識るべきこと　志田延義
記紀歌謡の反復句　次田眞幸
道は軒後に軼ぐ　河野省三
古事記と建国精神　次田潤
八千矛の神の歌の発想法　松村武雄
「うちやめこせね」に就いて　有坂秀世

第二号が、万葉集である。

特輯　万葉集の研究

万葉拾遺歌抄　森本治吉
ことあげ、ことだま　林古溪
万葉学私議　佐佐木信綱
「ます」と「まさる」　中島光風
重載歌に於ける氏爾乎波の相違　石井庄司
高山部　佐伯梅友
霍公鳥の歌に就て　藤森朋夫
斐太の細江について　鴻巣盛廣
文法と文章心理　遠藤嘉基
額田王の歌一首　今井邦子

この号には、舟橋聖一の「作家と古典学者」という随筆も掲載されている。この後様々な文学作品を取り上げて、数年後、次のような特集が組まれる。

「特輯・上代文学の鑑賞」（昭和十五年二月号　第四五号）

和歌に現はれた建国の創業　宮崎晴美
久米歌について　中島光風
古事記の歌について　岡野直七郎
浜木綿の百重　鴻巣盛廣
霧の文学　遠藤嘉基

次は昭和十八年になる。

「特輯・万葉集の研究」（昭和十八年二月号　第八一号）

万葉集巻九の歌一首　石井庄司
万葉集より　久曾神昇

「特輯」とあるのだが、掲載されているのは二本の論文だけである。この頃国内の国文学界はどのような情勢であったのか想像もできない。そして、戦後まで万葉集の特集はない。そして戦後の万葉集特集は「遺跡」から始まる。

国文学系の雑誌で「遺跡」を特集するところに、戦争で荒廃した国土や精神への復興を読み解いてもよいのだろうか。

「万葉の遺跡をさぐる」（昭和二七年一月特大号　第一八八号）

万葉時代の国わけ　坂本太郎
大和　土屋文明
大和の都　千田憲
山城の国　澤瀉久孝
摂津・和泉・河内　山本正秀
紀伊国　石井庄司
淡路・播磨　黒岩一郎
丹後　廣田榮太郎
近江国　筧五百里
伊勢・志摩・伊賀　御巫清男
尾張・三河　久松潜一
遠江・駿河・伊豆　植松茂

美濃・飛騨	各務虎雄
信濃・甲斐	片桐顕智
武蔵	五島美代子
相模国	藤森朋夫
上総・下総	荻原浅男
常陸	酒井清一
上野・下野	増淵恒吉
陸奥	藤岡忠美
若狭・越前	鴻巣隼雄
能登・加賀	大津有一
越中	大島文雄
因幡・出雲・石見	犬養孝
吉備・安芸	西下經一
周防・長門	齋藤清衞
筑前・筑後	高木市之助
豊前・豊後	森本治吉

肥前・肥後　大藪虎亮
日向・薩摩・大隅　丸野彌高
壱岐・対馬　上田英夫
伊豫・讃岐　白石大二
土佐　片岡一義
万葉歌圏地図解説　志田延義

大和に土屋文明、山城を澤瀉久孝、筑前・筑後に高木市之助、豊前・豊後を森本治吉とする分担がおもしろい。越中は、富山大学の大島文雄である。

歌人論の中でも当然万葉集が扱われている。

「歌人総覧」（昭和二九年四月特集増大号　第二一五号）

和歌とは何か―概念の変遷―　久松潜一
日本文学史に占める和歌の位置　西下經一
万葉調歌人の系譜とその変貌　森本治吉
挽歌について―人麿挽歌の成立に就いて―　尾山篤二郎

防人歌　　鴻巣隼雄

昭和三十年代に入ると、取り上げ方に大きな変化が現れる。

「特輯・上代文学の新しい見方」（昭和三十年九月号　第二三二号）

上代文学のとりあげ方　　久松潜一

古代社会（信仰生活）　　竹野長次

上代文学と風土―その風土的関連―　　犬養孝

上代文学と大陸文学　　小島憲之

日本神話の諸問題　　松村武雄

古代宮廷歌謡の性格　　土橋寛

文学としての風土記―その編述態度について―　　秋本吉郎

万葉集における抒情の展開　　岡崎義恵

万葉集における叙景歌の発達　　扇畑忠雄

懐風藻と中国の詩　　太田青丘

ここで學燈社の「国文学　解釈と教材の研究」の創刊を迎える。

五月に創刊された第一号は、巻頭に保坂弘司「発刊の言葉」を掲げて、「特集　源氏物語の総合探求」である。保坂らしいといえばそれまでだが、源氏物語から始まっているところが、「教材研究」誌らしさであろう。第二号は近代文学で「特集　島崎藤村の総合探求」。そして、第三号が万葉集である。（以下、□を付すのが「解釈と教材の研究」）

□「特集　万葉集の総合探求」（昭和三一年九月号　第一巻第三号）

万葉集の時代と歌風の展開　久松潜一
万葉集の風土的環境　高木市之助
万葉人の生活について　西岡虎之助
万葉集における抒情歌　木俣修
万葉集における叙景歌　北住敏夫
万葉集における生活歌　土岐善麿
万葉集における羈旅歌　谷馨
万葉集における東歌　森本治吉
万葉集における防人歌　高崎正秀

万葉集における挽歌　藤森朋夫
万葉集の文法と語法　佐伯梅友
万葉集を研究する人のために　保坂弘司
万葉集教授上の問題点
万葉集の取扱い上の問題点　増淵恒吉
柿本人麿の長歌　難波喜造
「貧窮問答歌」の憶良　益田勝實
万葉教材の取扱いについて　海野哲次郎
万葉集に現われた植物・動物　若濱汐子

「解釈と鑑賞」には見えなかった名前が見え始める。保坂「万葉集を研究する人のために」や、海野「万葉教材の取扱について」は、學燈社らしい雑誌の性格を語っているといってよいだろう。

出版までの準備時間を考えれば、學燈社の刺激を受けたとばかりではないはずだが、「解釈と鑑賞」に新しい切り口が出る。

「万葉人の生活・社会・言語」（昭和三一年十月特集増大号　第二四五号）

日本人の起源　鈴木尚
上代特殊仮名遣の万葉集への適用と解釈　池上禎三
財産と相続―東南アジアとの関連において―　牧野巽
婚姻―母系制の問題―　高群逸枝
万葉人の恋愛　北山茂夫
万葉時代の米　直良信夫
村々の万葉びと―万葉集と考古学との関連について―　益田勝実
万葉時代の生活と習俗　肥後和男
東国の政治的位置と防人　直木孝次郎
交通　坂本太郎
貴族と賤民―奴婢の問題をめぐって―　上田正昭
万葉時代の貴族生活の一側面　石母田正
万葉語の語源―日本語の系統論に関連して―　村山七郎
万葉仮名と中国の字音史　頼惟勤
万葉人の言葉あれこれ　林大
万葉集の歌とアイヌの歌謡　金田一京助

「万葉集の新しい訓詁」

人麻呂の挽歌一つ　伊藤博

万葉集訓詁新見　大野晋

訓詁小見　沢瀉久孝

「腫浪」訓義私按　木下正俊

万葉集歌の訓詁をめぐつて　小島憲之

石をたれ見き　阪倉篤義

万葉らしい訓み方―「極而の場合」―　清水克彦

「渡津見の豊旗雲に」の歌の解釈を通して　吉永登

学界展望　最近の万葉研究展望　大久保正

この時点で、上代特殊仮名遣に触れていることや、高群逸枝・直良信夫・石母田正・金田一京助といった名前が並んでいることに注目したい。「万葉集の新しい訓詁」の見出しのもとに並ぶ名前は、この後多くの新訓を生み出す人々である。

多くの学者が、やがて論文集をまとめはじめるようになるのだが、右に掲げた小文は無視されることが多い。新説や定説となった論文を載せる学術書には力不足の論考であるかも知れないが、万葉集を読み始めようとする者を今でも刺激する可能性があるだろう。
「解釈と教材の研究」は、二回目の特集を出す。

□「特集　万葉集の第二総合探求」（昭和三三年一月号　第三第一号）

万葉集を作り出す者　高木市之助
万葉集の思想性　久松潜一
万葉集に現れた神の観念　武田祐吉
万葉集における「性」　森本治吉
万葉歌風の系譜　藤森朋夫
万葉集短歌の韻律　柴生田稔
万葉集の枕詞と序詞　境田四郎
万葉集歌人研究
　有間皇子　北住敏夫
　額田王　谷馨
　柿本人麻呂　高崎正秀
　高市黒人　田邊幸雄

山部赤人　犬養孝
山上憶良　大久保正
高橋蟲麻呂　小島憲之
大伴旅人　益田勝實
大伴家持　藤田寛海
坂上郎女　青木生子
湯原王　阿部俊子
茅上娘子　吉永登
万葉集研究の現段階　伊藤博
万葉集研究文献総覧〈単行本の部〉　藤森朋夫編

「国文学」も、学生を指導する内容を全面に出すようになる。

「特集　万葉集の新しい方法と基準」（昭和三四年五月号　第二七七号）

本文整定＝本文の決め方　大野晋

もっとも基本的な手順を、最新の成果を実例として、分りやすく講義風に説く

訓詁批判＝訓釈のきめ方　木下正俊
国語学　演習としての万葉集の歌を扱う方々のための新しい訓彩(ママ)の方法と基準を明らかにした
作品論＝作品論の整理・すすめ方　藤森朋夫
人麿の歌一首をとりあげその問題点を整理推論して作品研究の新しい方法を提示する
作家論＝作家論の整理・すすめ方　五味保義
作家論の根本態度はいかにあるべきか、研究の具体的方法と更に考えられる新分野を示唆する
隣接諸学による万葉集の批判的処置―国文学者の死角―
地理と風土　犬養孝
地理研究の実情とその文学研究への応用による万葉美の把握の仕方を示し新動向を展望する
宗教と民俗　池田弥三郎
国文学者が何の疑問もおこさずにいることに大大事な学問の出発点がひそんでいる
社会と環境　上田正昭
万葉歌人のますらをぶりの実態はどこにあるのか。七八世紀の官人社会から解明する
国語学　中田祝夫
万葉集を解く鍵！国語学。万葉語の扉を開く事なしには万葉集は理解されない
万葉集にはどんなテーマがあるか―卒業論文を書く方々のために―　田辺幸雄

はっきりと「卒業論文を書く方々のために」と記されている。学生の手引き書として購入されるものになっていったのだろう。だから、次のような特集が生れるのは当然である。

「特集　万葉集ハンドブック」（昭和三六年　春の臨時増刊　第三百三号）

第一部

本文校訂の問題と技術　大野晋
万葉集の諸本　林勉
万葉集の注釈書　佐伯梅友
万葉集における歌風の変遷　柴生田稔
万葉集の作家　五味保義
東歌　田辺幸雄
防人歌　吉永登
長歌の形式　大久保正
上代特殊仮名遣入門　大野晋
万葉集の語法と訓釈　木下正俊
万葉集参考古辞書類について　馬淵和夫

第二部

万葉集重要語句の詳解

井手至・大野晋・春日和男・河辺名保子・木下正俊・鶴久・中西進・橋本四郎・林勉・原田芳起・馬淵和夫・森本治吉・山田珠子

万葉集重要語句索引

第三部

万葉集年表　　中西進

担当者の名前を見れば、その内容がいまでも通じるものがあることがわかると思う。とくに、「重要語句の詳解」を丹念に拾えば、おそらく論文集などにとられていない論考があるはずである。「解釈と鑑賞」が万葉故地をとりあげてから十年が経過して、「解釈と教材の研究」の特集が組まれている。

□「万葉集の郷土―地理的考察、郷土作品の研究と鑑賞を中心に、掘り下げてみた―」（昭和三七年五月号　第七巻第六号）

万葉地理の分担研究

東北地方―奥羽（宮城・福島）―　扇畑忠雄
関東東・南部―相模・武蔵・上総・下総・常陸―　谷馨
関東西・北部―信濃・上野・下野―　田邊幸雄
中部東海道―尾張・三河・美濃・遠江・駿河―　松田好夫
北陸地方（Ⅰ）―越中・越後―　清田秀博
北陸地方（Ⅱ）―能登・越前・若狭―　竹内金治郎
大和東・北部―添上・山辺・生駒―　堀内民一
大和西・南部―宇田・高市・北葛城・南葛城・吉野―　阪口保
摂河地方―摂津・河内・和泉・播磨・伯耆・但馬―　北島葭江
紀勢地方―紀伊・伊賀・伊勢・志摩―　吉永登
山背・近江―山城・近江・丹波・丹後―　長谷章久
山陽・山陰―備前・備中・備後・安芸・周防・長門・石見・出雲・因幡―　犬養　孝
淡路・四国―淡路・阿波・讃岐・伊予・土佐―　森脇一夫
九州東・北部―筑前・筑後・豊前・豊後―　若濱汐子
九州西・南部―肥前・肥後・薩摩―　本田義彦
万葉郷土作品の鑑賞

松村英一・四賀光子・五味保義・鹿児島壽蔵・柴生田稔・宮柊二・五島美代子・長沢美津

万葉郷土作品概論

万葉郷土歌の範囲と其の実例　森本治吉

万葉の都会歌と地方歌の文学差　久松潜一

あづま歌に見える農業社会　今井福治郎

日本の地方官制に及ぼした中国の影響　森克巳

万葉集と古典教育　宮崎健三

大学における万葉集研究　中西進

「万葉郷土作品の鑑賞」を歌人たちが担当していることが重要で、実作者の鑑賞は勉強になるはずだが、なかなかここまで読み直そうとする学生はいないであろう。

企画の行き詰まりなのであろうが、これから特集の組み方に変化が現れてくる。担当者を見れば、あの人がこのような題で論じていたのかと驚くようなものが見つかる。そして、それらはほぼ論文集にとられていないものである。

□「特集　万葉集の生活の探求」（昭和三九年三月号　第九巻第四号）

万葉集における生活感情　久松潜一
万葉人の世界観―デーモンと夢について―　森本治吉
万葉時代の政治と経済　肥後和男
貴族・官吏　小島憲之・井手至
兵士・遣外使　吉永登
神官・僧侶　今井福治郎
百姓（農・漁民）・奴隷　釜田喜三郎
年中行事　西角井正慶
恋愛と家庭生活　森脇一夫
遊戯と漁・猟　松田好夫
羈旅　扇畑忠雄
死と葬送礼　竹内金治郎
生活に滲透した外来習俗　中西進
万葉集生活歌鑑賞　長谷川銀作・長澤美津・太田青丘・前川佐美雄・鹿児島壽藏
平賀元義と橘曙覧　松村英一

天田愚庵　中野菊夫
武器武具・家具調度・度量権衡・建築・墳墓・食物　木内武男
服飾　若浜汐子
市場・駅馬　尾畑喜一郎
万葉東歌紀行　谷馨
万葉石見の旅　保坂弘司

小島憲之・井手至「貴族・官吏」、吉永登「兵士・遣外使」など内容が想像できない。中西進「生活に滲透した外来習俗」はどのような習俗を扱っているか想像できるだろうか。鑑賞を歌人たちが担当していることも注意される。どの歌を誰が担当しているのか気になるはずである。

やがて執筆者は学者だけに固定されていく。すると当然のように、論題は固くなり、大学生にとっては勉強になるものではあるが、一般読者が楽しめるものではなくなってしまう。

「特集　万葉集を読むための国語史」（昭和四一年十月特集増大号　第三八四号）

奈良時代の音韻　馬渕和夫
万葉集の用字法　稲岡耕二

□**「特集　万葉歌人と歴史的背景」**（昭和四一年十一月号　第十一巻第十三号）

壬申の乱と万葉集　神田秀夫
大津皇子をめぐる暗雲　森本治吉
長屋王の変と万葉集　犬養孝
奈良朝後期の政変　林陸朗
遷都―その文学的投影―　大久保正
宝亀―万葉集の終焉―　中西進
但馬皇女と穂積皇子との恋　賀古明
狭野茅上娘子と中臣宅守の恋愛　大久間喜一郎
額田王の立場　谷馨
柿本人麿とその時代　清水克彦
神亀の宮廷歌人赤人　橋本達雄
山上憶良の嗟嘆　高野正美
高橋虫麿とその時代　川口常孝
大伴旅人の憂鬱　森淳司
大伴家持と藤原広嗣の乱　松田好夫

右に並べてきたような流れの上に、昭和四二年八月、學燈社から「日本文学必携シリーズ」が刊行される。選ばれた作品と作家は、万葉集・源氏物語・枕草子・平家物語・夏目漱石・森鷗外・島崎藤村・石川啄木であった。万葉集は、五味智英編で、次のような内容である。

万葉集概説　五味智英
諸本　林勉
音韻　大野晋
特殊仮名遣　大野晋
用字法　稲岡耕二
万葉集における特殊な語法　大野晋
〈研究史〉
概説　久松潜一
文芸学的研究　北住敏夫
歴史社会学的研究　杉山康彦
民俗学的研究　桜井満
比較文学的研究　神田秀夫

地理・風土研究　　　　　　犬養孝
〈万葉人の生活〉
衣食住　　　　　　　　森本治吉
制度　　　　　　　　　青木和夫
〈動植物概説〉
植物　　　　　　　　　若浜汐子
動物　　　　　　　　　若浜汐子
〈作品鑑賞〉　　　　　　青木生子・大久保正・山崎馨
〈万葉集作者事典〉
主要作者解説　　　　　阿蘇瑞枝・金井清一
作者系図　　　　　　　中西進
〈万葉集作家年表〉　　　中西進
〈参考文献目録〉　　　　阿蘇瑞枝
〈万葉集辞典〉　　　　　遠藤宏・長田貞雄・曽倉岑・水島義治

最後の「万葉集辞典」は、「主要語彙解説」で、遠藤あ〜お、長田か〜し、曽倉す〜ひ、水島ふ〜をという担当である。これは、後の稲岡耕二編「万葉集必携」（昭和五六年）へと成長していく。

同じ時の「解釈と鑑賞」は「研究図書館」と名づけ、研究書と論文の解説をする。担当者は、実に豪華な布陣で、取上げられた研究書の書評、あるいは研究史論として、現在も使えるものばかりである。

「特集　万葉集研究図書館」（昭和四二年九月号　第三九六号）

総論
　万葉集の新研究（久松潜一著）　五味智英
論文　森脇一夫
思想・感情
　古文芸の論（高木市之助著）　柴生田稔
鑑賞・批評
　万葉集の鑑賞及び其批評（島木赤彦著）　扇畑忠雄
　万葉秀歌（斎藤茂吉著）　松田好夫
論文　森脇一夫
作家
　柿本人麻呂（斎藤茂吉著）　高木市之助

大伴家持（尾山篤二郎著）　阿蘇瑞枝

論文　森脇一夫

成立

万葉集撰定時代の研究（徳田浄著）　森本治吉

論文　森脇一夫

民俗

古代研究（折口信夫著）　尾崎暢殃

歴史・社会

貴族文学としての万葉集（西郷信綱著）　吉永登

記紀万葉の世界（川崎庸之著）　中西進

万葉の時代（北山茂夫著）　遠藤宏

初期万葉の世界（田辺幸雄著）　犬養孝

比較文学

万葉集の比較文学的研究（中西進著）　石井庄司

上代日本文学と中国文学（小島憲之著）　大久保正

論文　古賀精一

研究史
万葉集の研究（佐佐木信綱著）　上田英夫
論文　金井清一
言語
橋本進吉博士著作集　佐伯梅友
上代音韻攷（有坂秀世著）　鈴木真喜男
上代仮名遣の研究（大野晋著）　鶴久
索引・年表　竹内金治郎
万葉集研究案内　森淳司
万葉集研究年表　近藤信義

そして「謎」が登場する。論題を見れば、決して安易な「謎」などを取上げているわけではないことがわかる。どの論も、疑問提示と解答にしっかり応えたものなのである。しかし見出しは「謎」でなければ売れないような時代が来ていたのではないだろうか。

「特集　万葉集の謎」（昭和四四年二月号　第四一七号）

万葉集の謎の謎　高木市之助
万葉歌風について　久松潜一
万葉集の編者は誰か　森本治吉
万葉集は何時できたか　高崎正秀
万葉集の名義　石井庄司
万葉集の始めと終り　鴻巣隼雄
斉明天皇御製歌の帰属　松田好夫
中皇命とは誰か　中西進
三山歌の性　三谷栄一
額田王をめぐる疑問　稲岡耕二
持統天皇はなぜ吉野へ行つたか　大浜厳比古
吉野離宮の所在地　犬養孝
人麻呂の実在と伝説―ほのぼのと明石の歌　神田秀夫
憶良の前半生　渡部和雄
中臣宅守はなぜ流されたか　扇畑忠雄
大伴家持の母　吉永登

「山柿」とは何を指すか　森脇一夫
万葉集巻五の筆録者　原田貞義
人麻呂歌集は何時できたか　渡瀬昌忠
作者未詳歌の問題　久米常民
万葉集の歌体　遠藤宏
枕詞とは何か　近藤信義
万葉のゆくえ　益田勝実
よめない万葉歌　木下正俊

誰もが読みたいと思うテーマを考えるのは大変である。そういう意味でも次の特集は素晴らしいと言える。

□「**特集　万葉の美学**」（**昭和四四年七月号　第十四巻第九号**）

万葉美の様式　岡崎義恵
万葉美の展開　高木市之助
万葉雑記　山本太郎

万葉美学の源流　中西進
万葉と古今・新古今の美　安田章生
愛の美学　安西均
死とその美　青木生子
美と時代　土橋寛
風土の美学　犬養孝
自然の美　戸谷高明
歌体・修辞の美　千田幸夫
美とことば　鶴久
万葉歌人の美学
　額田王　橋本達雄
　柿本人麻呂　神田秀夫
　旅人と憶良　稲岡耕二
　山部赤人　扇畑忠雄
　高橋虫麻呂　横山英
　大伴家持　伊藤博

万葉名歌の美的構造
　森淳司・清水克彦・小野寛・渡瀬昌忠・服部貴美子・水島義治・阿蘇瑞枝
最近における万葉美研究の展望〈学界ハイライト〉　村山出
現代評論の万葉像
窪田空穂（前期）・尾山篤二郎　谷沢永一
窪田空穂（後期）・太田水穂・川田順　佐佐木幸綱
井上通泰・松岡静雄　谷沢永一
保田与重郎　吉田凞生
日本文芸派—岡崎義恵・北住敏夫—　小野寛
英雄時代論争　阿蘇瑞枝

「万葉歌人の美学」と題して、額田王や人麻呂をどう論じているのか、万葉に関わる誰もが気になる取上げ方だと思う。「万葉名歌の美的構造」は、誰がどの歌を担当しているのか。手にとってみなければわからないことが残念である。ただし、担当者は以前のような実作者達ではなく、学者である。

常に新しい特集を組むというのは、いつか必ず限界が来る。以下の特集号は簡略に記してしまおう。

「万葉の挽歌」　昭和四五年七月　四三七

ここには、津之地直一「挽歌抄」がある。

□「万葉のこころとことば」昭和四六年二月　十六巻三号

「万葉の相聞」昭和四六年十月　四五五

ここには、大浜厳比古「相聞歌抄」がある。

「柿本人麻呂その謎と魅力」昭和四八年九月　四八六

ここには、「近代の人麻呂像」として、以下のものがある。

伊藤左千夫　小市巳世司
佐佐木信綱　伊藤嘉夫
窪田空穂　川口常孝
斎藤茂吉　森脇一夫
釈迢空　高崎正秀
長谷川如是閑　扇畑忠雄

武田祐吉　　吉田義孝
久松潜一　　森本治吉
高木市之助　松田好夫
土屋文明　　清水房雄

□「万葉の抒情」昭和四九年五月　一九巻六号

□「万葉の極北　柿本人麻呂と大伴家持」昭和五一年四月　二十一巻五号

同じ特集名を使わないということは、編集担当としてはよく理解できるのだが、学問としては、同じ特集名であっても執筆担当者が異なれば中身が異なるはずであるから、成り立つ気がする。しかし、原稿の引き受け手側が、同じ題名を嫌がるかもしれないとも思う。

「国文学」は、どれを開いても必ず勉強になるのだが、古本で入手するのは難しいかもしれない。大学図書館が利用できる環境でないと、貴重書を同じく容易に手に取ることのできない世界のものになってしまう可能性が高い。

四 おわりに

小学館『新編　日本古典文学全集』の『万葉集』3の「月報21」の目次に、

高岡の地と万葉　　黒川総三

とある。観光案内文かと見間違って素通りしている研究者も多いのではないか。ところが中身は、

高岡の地と万葉――赤幡・そがひに見ゆる・あゆの風・始水逝――

と副題が付いていて、細かな論考なのである。黒川は、高岡市伏木の市井の万葉研究者だが、大陸にいたことがあって漢籍に強く、不動産業に関わっていたため伏木の地形に精通していたのであった。査読を受けた学術論文ではないかも知れないが、このようなところに「正解」が隠れている可能性もあるわけだ。

どこにどのような話が埋もれているのか、読んでみるまでわかるはずがない

たとえば、『契沖全集』第六巻に付された「月報13」に、扇畑忠雄「『代匠記』随縁記」が掲載されている。ここに昭和六年の京都大学での澤瀉久孝の万葉集講義の話が記されている。澤瀉が昭和七年に渡欧した後は、佐伯梅友が代講した話へ広がり、卒業論文「賀茂真淵の万葉学」はどのように進めたかが記されている。それればかりではない、東京大空襲で焼けてしまった「新訂万葉集古義」の話や、土屋文明

の「万葉集私注」草稿の印刷所を探した話など、題名ではとても想像のできない記述が続く。「月報14」には、伊藤博「『み』か『し』か―契沖の訓詁学―」と稲岡耕二「洞察」が並んでいる。家持の専用語イブセシはイブセミか。人麻呂歌集の書き様を、契沖が「簡古」とした意味についての随想。多くの人の目に触れているであろうが、学術論文に引用されるような性格のものではない。

その契沖に関わって、私が話を広げれば『久松潜一著作集』第十二は『契沖伝』。この「月報12」には、日本女子大学での授業の様子を上村悦子が記し、卒業論文を大八車で出したという噂について稲岡耕二が触れている。ここに「池田亀鑑博士は卒業論文を小型ダットサンで」と、私がそれまで聞いていた話とは異なっていて、自分の記憶を訂正した。

本稿が長々と引用してきたのは、このような文章が存在することを「検索するシステム」が存在しないことを言いたいがためである。調べるためには図書館に数日通い続ける必要がある。しかし、それが楽しいのだ。

今回取上げた月報以外にも、多数の「月報」が存在する。いま手元にあるだけでも、「日本思想大系」、『国史大辞典』、『賀茂真淵全集』、『本居宣長全集』の月報に、万葉に関わるものが掲載されている。『武田祐吉著作集』、『高木市之助全集』にも当然ある。『子規全集』、『左千夫全集』、『赤彦全集』、『山本健吉全集』などの月報でも、万葉集に触れているかもしれない。

ネットで「月報」のある書物を検索してみれば、「唯物論全書」に『日本上代文化史』があり、「日本文学全史」に『上代文学史』がある。「日本歌人講座」には『上代の歌人』がある。ここまではどこにいても調べることができるようになってきた。しかしながら、これらの月報に、誰がどのような内容の文章を書いているのか、直接見る以外に知るすべはない。

既に存在する学説を否定し、あるいは新説を打ち立てる学術論文は、既存の検索システムで見つけやすいようになっている。しかしながら、私たちの知的好奇心や鑑賞精神を満足させてくれるものは、学術論文の中だけにあるのではない。

昭和の終わり頃に文学部国文学科へ進んだ私は、人生ではじめて出会った大学院生が、「注釈書で歌を読んでいては時代遅れである。歌は論文で読むものだ」と言ったことを今でも忘れずにいて、その時座っていた位置までも鮮明に覚えている。それから四十年が経とうとしている。確かに、厳密な万葉歌の解釈は論文の中にしか無いのかも知れないとは思う。しかし、万葉歌に触れる喜びや楽しさ、あるいは研究してみようと思わせるわくわくする衝撃は、研究論文の外側に数限りなく存在するのではないだろうか。

少女漫画と万葉集
——享受史・受容史のなかで——

田中　夏陽子

はじめに　——万葉集享受史のなかで——

読めない歌集から解読が進む聖典へ

『万葉集』は、奈良時代末に大伴家持によって最終的に今の形に編纂されたと推定される現存する日本最古の和歌集である。

しかし、すべて漢字で表記されていたため、すでに平安時代初期には読めない歌集となっていた。そこで村上天皇は、天暦五年（九五一）、源順ら「梨壺の五人」に『後撰和歌集』の編纂とともに『万葉集』の解読を命じた。

平安中期になると、藤原公任編の秀歌撰『三十六人撰』に選ばれた柿本人麻呂、山部赤人、大伴家持ら万葉歌人は、三十六歌仙として神格化される。平安後期の藤原清輔の歌学書『袋草子』には、「朗詠江注」（大江匡房による『和漢朗詠集』の注釈。現存しない）典拠の話として、次のようなエピソードを伝える。公任が「貫之は歌仙なり」とするのに対し、村上天皇の皇子の具平親王は「人丸には及ぶべからず」と意見が割れた。後日秀歌十首を選び競わせたところ、八首は人丸が勝ち、一首は貫之が勝った、これが契機となって『三十六人撰』が出来たというものである（新大系『袋草子』一一六頁）。

藤原清輔は、歌学の六条藤家の始祖顕季の孫。父顕輔は『詞花和歌集』の編者である。祖父顕季は、母が白河院の乳母であったため白河院の寵臣として和歌活動の中心的存在となった。白川院所蔵の人麻呂図像を写し取り、それを祭って開催した「人麻呂影供」の創始者としても知られる。そしてその図像は世襲され、久寿二年（一一五五）、清輔は父顕輔より授けられ六条藤家を継ぐことになる。

清輔は、顕季の教えを次のように伝えている。

歌よみは万葉よく取るまでなり。これを心得てよく盗むを歌読とす

歌よみは万葉からうまく取ってくればよいのだ。これを心得て上手に盗む人を歌よみというのだ

（新大系『袋草紙』一一四頁）

このように、六条藤家の歌学は、『万葉集』の代表的歌人である柿本人麻呂を歌聖とすると共に、『万葉集』を座右の書、聖典として位置づけていた。

院政期の万葉ブーム――六条藤家と御子左家の対立の中で――

清輔が『万葉集』を熟読して実証的に捉えるようになったのは、年齢が十四ほどしか離れていない父顕輔との不和が長年にわたって続き、その間雌伏沈淪していたことによるとされる（川上新一郎『六条藤家歌学の研究』十六頁・汲古書院・平成十一年）。

そしてその時期は、小川靖彦が写本研究の視点から詳細に考察しているように、『万葉集』が書写され、急速に流布していった時期でもあった（『万葉集と日本人　読み継がれる千二百年の歴史』第四章・角川選書・平成二十六年[1]）。

『袋草紙』上巻に、

（橘）俊綱朝臣（藤原頼通の子で橘俊遠の養子）、法成寺宝蔵（藤原道長創建の寺。宝蔵は康平元年［一〇五八］に火災に遭う）の本を申し出でてこれを書写す。その後、（藤原）顕綱朝臣また書写す。これより以来多く流布して、今に至りて諸家に在りと云々。（新大系『袋草子』三八頁）

と、当時は『万葉集』の写本が多く流布している状況であった。清輔自身も家持歌を考証するに際し、「予数本をみるに」（新大系『袋草子』一二二頁）と、数本の伝本を参照していたことが知られる。

顕輔の猶子で清輔亡き後、六条藤家の歌学を推進した顕昭という歌人がいる。顕昭は豊富な万葉歌の知識を元に難儀な言葉を詠み込み、御子左派に論争を挑発した人物として知られる（紙宏行「和歌評定の時代」立教大学女子短期大学部『文藝論叢』三四巻・平成十年）。

建久四年（一一九三）に開催された『六百番歌合』においては、顕昭が独鈷を手に持ち、藤原俊成の養子の寂蓮が鎌首のように首をもたげて連日に渡って議論した。その様子は「独鈷鎌首」と揶揄され、後に議論好きの歌人の故事となった。さらに藤原俊成の判に納得しなかった顕昭は、後日『六百番陳状』（『顕昭陳状』）と呼ばれる陳状も発表している。

しかしながら顕昭に対する今日の評価は、文献学的語義の考証に終始しており、歌才が乏しく、特に公的な場における和歌機能の発展に結びつかなかったとされている（川上『六条藤家歌学の研究』一三・三八頁）。

一方、藤原俊成・定家ら御子左家は、こうした六条藤家からの万葉語義考証の攻撃を受けつつもやり過ごし、万葉摂取を進めた。

そもそも万葉歌の享受は、『金葉和歌集』の撰者で、後に題詠歌の規範となった『堀河百首』を企画した源俊頼が積極的に推進していた。俊頼は革新的な歌風で知られる歌人で、関根慶子は「（俊頼は）陳腐になった三代集の世界から万葉に目を転じた時そこに意外な清新な広い世界を発見」したのではないかとされ、その歌風については「平安以来固定化した素材の外に豊富なものを包含し使い古された言葉の外に自由な用語の駆使があった」と評される。[2]

さらに鳥井千佳子によれば、俊頼の歌論『俊頼髄脳』には五十七首もの万葉歌の引用があり、特に歌語の注釈が中心となる後半部では、万葉歌の引用は五一首二七・一％と最も多い。俊頼は、万葉歌の歌語を固定化したイメージから切り離し、先入観を逆手にとって意外な詠み替えをし、古今集的な縁語・掛詞などの表現を万葉の歌語によって創出しているとする。(3)

俊成・定家の万葉歌享受

源俊頼の影響下にある藤原俊成も、その歌論『古来風躰抄（こらいふうていしょう）』上巻で一九〇首あまりもの万葉歌を抄出した。そして、

上古の歌は、わざと姿を飾り、詞を磨かんとせざれども、代も上（あが）り、人の心も素直にして、ただ、詞にまかせて言ひ出（い）だせれども、心深く、姿も高く聞ゆるなるべし。

上古の万葉集時代の歌は、意識的に全体の印象を整え、表現に磨きをかけようとはしないけれども、時代も古く、人の心も素直であって、ただ、心に感じたままの表現にまかせて言い出しても、内容も深く味があり、全体の印象も格調高く受け取られるものであろう。

（「古来風躰抄」新編全集『歌論集』二六三頁）

と、古の万葉時代の人々は、心が素直なので感じたままを歌にしても格調高い歌になると評している。

俊成の息子の藤原定家も、今井明の調査によれば、一九〇首の万葉歌を摂取し、約二六〇首の歌を生み出したとされる（「藤原定家・万葉集関係歌一覧」福岡女子大学文学部『文芸と思想』六三号・平成十二年二月）。

また、五月女肇志（そうとめただし）は、定家が百人一首に自身を代表する一首として選んだ「まつほの浦」歌は、『万葉集』の笠金村の長歌をベースにしたものであり、「まつほの浦」を最初に本歌取りした自負からだと考察している。（『藤原定家論』第一編第三・四章・笠間書院・平成二十三年）(4)。

来ぬ人を　まつほの浦の　夕なぎに　焼くや藻塩の　身もこがれつつ　権中納言定家

（『小倉百人一首』九七）

また五月女は、定家の時代、すなわち『万葉集』次点本の段階では全ての長歌に訓が付されておらずその摂取が難しいなか、「長歌の世界をうまく取り入れた自負も定家にはあったのではなかろうか」（同書注23）と考えている。

俊頼による歌語レベルの斬新な万葉歌の享受を経て、定家は歌全体を理解した上で、その歌の有する情趣や世界観を尊重し、違和感のない自然な形での享受へと進化させたと言ってよい。

こうした『万葉集』の享受は、摂関政治がおわり再び天皇と上皇による親政の戻った時代背景があるとも考えられている（小川『万葉集と日本人』八六頁）。藤原定家自身は、『万葉集』を勅撰和歌集ではないと考えていたようだが（同一三三頁）、院政期から鎌倉時代前期の動乱の時代、歌人たちは、『万葉集』を聖武天皇（『袋草紙』）や孝謙女帝（『栄花物語』）といった奈良時代の天皇による勅撰だと思っており、古の聖帝による古き良き時代の歌集として古代への憧憬をベースに尊重していた。

万葉集への憧憬と権威・創作意識

源平の騒乱期のさなか元暦（げんりゃく）元年（一一八四）に校合（きょうごう）したという奥書（おくがき）がある「元暦校本（げんりゃくこうほん）万葉集」のような写本が存在するのも、述べてきたように『万葉集』が政治的にも文化的にも権威の象徴となり得る存在だったからである。同時に、平安後期は漢詩の停滞期でもあり、『新古今和歌集』成立前後にかけて「六百番歌合」（建久四年［一一九三］）・「千五百番歌合」（建仁元年［一二〇一］頃）のような大規模な歌合が大々的に開催されるなどして和歌がメインカルチャー化した。

前述してきたような六条藤家と御子左家の激しい対立も、そうした大規模イベントと化した歌合の和歌需要が背景がある。享受という視点に立てば、己の優位性を示すためのマウント材料として、王朝歌人たちは歌学・歌道という形で『万葉集』を利用したという見方もできる。

六条藤家の歌学を極めた顕昭は、万葉歌を利用してマウントをとるのに終始した。それに対し、御子左家は、万葉の時代の古き良き世界を抒情的で美的な一風景としてさりげなく歌に盛り込んで描き出そうとした。それは当時の人々にエモーショナルな情感を呼び起こすもので、時代に合わせた万葉歌のリメイクに成功したという言い方も可能であろう。

そして、そうした『万葉集』の享受を支えるのは、対象となる歌人や歌集に対するパトスだと思う。それは現在でいうところの作家や作品に対する「推し」の意識にも通じるものであろう。歌人を歌仙として神格化し、歌集を聖典化する憧れと愛着によって支えられているのである。

以上、平安後期から鎌倉時代初期の貴族社会における和歌文学の中での『万葉集』の享受・受容について述べてきた。

時代と共に万葉歌の享受のスタイルは変化する。自由度の高い万葉の歌語の使用にはじまり、万葉歌語の考証を経て、万葉歌の有する自然な抒情性が好まれるようになっていく。小難しさが伴う考証的な享受よりも、社会情勢の求めに応じた文芸性や文芸美が優先される。そうした創作にかかわる現象は、時代を超えて繰り返されるものである。万葉の時代を古き良き時代として憧憬の対象とする意識は、王朝歌人同様、現代の歴史小説家や漫画家にもあるだろう。これから紹介する漫画も、そのような『万葉集』享受の一端として捉えたい。

大和和紀（やまとわき）「天の果て地の限り」——自立したヒロインを求めて——

「天の果て地の限り」は、講談社『月刊mimi』昭和五十三年十二月号・昭和五十四年一月号・二月号に掲載された作品。少女たちの間に大正ロマンブームを引き起こした「はいからさんが通る」の大ヒットにより人気絶頂期にあった大和和紀による額田王を主人公とした話である。はじめての本格的歴史漫画として描いた作品で、そののち源氏物語を原作とした代表作「あさきゆめみし」（講談社『月刊mimi』昭和五十四年十二月号～『mimi Excel-lent』平成五年二十七号）が執筆された。昭和五十九年には「NUKATA 愛の嵐」の題名で松竹歌劇団で舞台化された。

大和和紀『天の果て地の限り』Kissコミックス Kindle版（講談社）

大和和紀の額田王は、天智天皇と大海人皇子という二人の男性に愛されながら、その愛に流されることなく、天皇にかわって神の言葉を伝える巫女的な専門歌人としての立場を守ろうとする自立した女性として描かれている。

そうした設定等含めて、井上靖「額田女王」（『サンデー毎日』昭和四十三年一月七日号～昭和四十四年一月九日号連載、同年十二月単行本化・毎日新聞社）や、昭和五十一年初演の宝塚歌劇団「あかねさす紫の花」の影響を受けていると想像される。

大和和紀の描く自立したヒロイン

大和の描くヒロインは、たとえば「はいからさんが通る」の花村紅緒、アメリカにわたり看護師となる卯野と実家の貿易商を継ぐ万里子（「ヨコハマ物語」）、「イシュタルの娘」の小野於通（戦国の乱世に活躍した女性書家）のように、各々職業として目指すところがあり、時代や境遇は異なるものの自立した普遍性のある女性として描かれている。

昭和六十年の「男女雇用機会均等法」成立から三十五年以上が経過した。大和の作品も、当初は「はいからさんが通る」のように恋愛を経て結婚までを描く形で物語が終結した。「天の果て地の限り」でも、額田王の娘の十市皇女は少し登場するが、額田王自身の手で育ててはいない。近年の作品「イシュタルの娘」では、於通を出産・育児期を通して活躍するヒロインとして描いている。

 山岸凉子「日出処の天子」——サイコホラーと耽美系ＢＬの抒情——

山岸凉子「日出処の天子」は、『LaLa』（白泉社・昭和五十五年四月号〜昭和五十九年六月号）に掲載された厩（うまや）

戸王子（聖徳太子）と蘇我毛人（蘇我蝦夷）を中心に、主人公である厩戸王子が摂政になるまでを描いた作品。

山岸凉子・梅原猛『ヤマトタケル』（角川書店・昭和六十三年・三二六頁）の梅原自身による解説によれば、聖人君主とされてる聖徳太子を怨霊として捉えた梅原猛の『隠された十字架』にヒントを得て生れた作品で、聖徳太子の様々な逸話を超能力者という設定によって取り込んでいる。

厩戸王子を同性愛者として描いたことから、当時波紋を呼んだ。連載が結末に近づき盛り上がりをみせていた昭和五十九年一月二十四日の『毎日新聞』夕刊が、「えっ、これが聖徳太子?!」「法隆寺カンカン」という記事を掲載。法隆寺関係者が「信仰の対象を冒とく」しているとし抗議を検討している内容で、今でもこのことを覚えている人も多いのだが実は誤報で、二月四日におわびの記事が掲載されている。

山岸凉子『日出処の天子 完全版』1（KADOKAWA／メディアファクトリー・平成23年）

また、「ベルサイユのばら」など数々の歴史漫画を手がける池田理代子が、四天王寺の依頼で同寺創建千四百年を記念した『聖徳太子』（創隆社・平成三～六年）を出版した。池田は聖徳太子を題材にした創作に関する新聞の取材に対して「飛鳥は父親の故郷で、子どものころから飛鳥に何度も来た。四天王寺、法隆寺など、太子ゆかりの寺にも親しんだ。ところが、ある漫画家が、聖徳太子と蘇我毛人との『霊的恋愛』を描いた。『違和感を覚えました』」（『朝日新聞』夕刊平成十九年五月十四日）と「日出処の天子」に批判的な発言をした。そのことが発端となり山岸のファンが激怒。ネットを中心に、池田作品と山岸作品の比較検証サイトが立ち上がるなどして池田の盗作が指摘され、『週刊新潮』に「ベルばら『池田理代子』の聖徳太子マンガに『盗作疑惑』（平成二十年一月二十四日号）という記事が掲載されるに至る。池田も山岸も取材には応じず沈黙を守る形で終息するが、「日出処の天子」の作品の人気が連載終了後も持続していたことがうかがわれる騒動だった。

「ＢＬ」という少女漫画の手法

このように、厩戸王子が男性同士の同性愛者として描かれたことには賛否両論ある。しかし、山岸は、短編「天人唐草」（小学館『週刊少女コミック』昭和五十四年）でも、少女漫画にもかかわらずサイコホラー的な手法で性の問題に向き合っている。心理の闇を怜悧にえぐる作風は「日出処の天子」にも見られ、同性愛のことばかりが注目されるが、厩戸王子は目的のためには手段を選ばない冷酷なシリアルキラーとしても描かれている。しかし、そうした冷酷さも同性愛も、厩戸の超人的な能力を恐れた母親からうとまれ育てられた孤独と、唯一の心の拠り所であった毛人への愛がなせるものであったという設定で終始一貫している。

少女漫画におけるＢＬの性表現は、基本的には純愛の表現であり、現実世界のジェンダーにとらわれない純愛物語として、少女たちが、共感的に享受できる手法の一つなのである。

また、作家側のよしながふみと三浦しをんからも、「同性が主人公だと要求が厳しい」と少女漫画のヒロインを魅力的でなおかつ読者が嫉妬しないキャラクターとして造形する難易度が上がったが、ＢＬはそれをクリアできるとの指摘もある。[5]

どちらにしろ、「日出処の天子」は、サイコホラー的な要素を持ちつつ、ＢＬという設定を通じて少女たちが共感的に享受できる仕組みの漫画であり、今もなお熱心な読者を多く有するのである。

壮絶な結末

しかし、「日出処の天子」の結末は、よしながふみ、萩尾望都両氏が語るように壮絶なものである。[6]

厩戸王子は毛人との愛が破局した直後、その痛手から、悪童たちにいじめられていた知的障害を持つ浮浪児の幼女を妻として迎える。聖徳太子の片岡山の飢人伝承をモチーフにしたものであろう。『日本書紀』推古天皇二十一年十二月一日条に記されたこの説話は、『万葉集』巻三・四一五番歌には龍田山の行路死人を悼む歌として掲載されている。その幼女は、王子をうとんだ母によく似た瞳を持っており、王子は彼女との間に幾人もの子をなす。しかし、予知能力があるがゆえに、自分の子が皆その生を全うしない運命にあることを悟っているのだ。それでも厩戸は「活きてゆく」と決意し、沈むとわかっている遣隋使船を大陸に送り、古代日本国家の礎を築いていく。聖徳太子の偉業として史実に物語の結末を回収させたのである。

近年「イヤミス小説」と呼ばれ、後味が悪いが読み続けてしまうミステリーがブームになっているが、山岸の作品には、常にそうしたものがある。「日出処の天子」も誰もが予想し得なかったストーリーテラーならではの壮大で残酷な結末であった。

 長岡良子（よしこ）「古代幻想ロマンシリーズ」――理想的な古代歴史ファンタジー――

「古代幻想ロマンシリーズ」は、長岡良子の古代日本を舞台にした歴史ファンタジーの総称で、平安時代を舞台とするものも含まれるが、ここでは平安以前を舞台にした作品の紹介にとどめる。

近江大津京時代を舞台としたシリーズ第一話「葦の原幻想」（秋田書店『Let's ボニータ』昭和五十九年№1）を基本的な世界観とし、藤原京時代・奈良時代の史実に登場する藤原不比等を主人公にした「眉月の誓」等とつながっている。大化の改新以前を舞台とした葛城皇子（中大兄皇子）と竜蛇神の化身である阿刀（あと）（後の道昭）を主人公にした「暁の回廊」（『ミステリーボニータ』平成十年七月号～平成十三年三月号）が、同じ世界観を

長岡良子『“古代幻想ロマン”シリーズ1　葦の原幻想』Kindle 版（秋田書店）

共有しているかは不明である。

「葦の原幻想」は、大津京の時代、三輪一族に神の血をうけた子どもが生れる場面から始まる。大友皇子の忠臣の史（ふひと）（大友皇子と性的関係もある）と、親に捨てられた美しくか弱い盲目の弟首（おびと）。史の妻遠智（おち）は三輪一族の娘、そしてその闊達な妹真名（まな）（まゆり）が主な登場人物である。真名は、実は三輪の神の血をうけた超能力者で役小角にその能力を封印されていたが、姉遠智の事故死の後、封印が解かれる。

この四人は、単行本『葦の原幻想』（秋田書店・昭和五十九年十二月）に、史は「藤原不比等と田辺氏の密接な関係から考え出したものです。（略）真名・首・遠智も非実在（天智天皇の妃に遠智娘という方がおりますが、これとは別人）」（二〇六頁）という作者の解説があり架空の人物である。

第一話の結末で史は亡くなってしまうのだが、その後は、首とまゆりが役小角と行動を共にする形でストーリーは展開する。史の少年時代の話や（「春宵華宴（しゅんしょうかえん）」『Let'sボニータ』昭和五十九年№2・「孤悲歌（こいうた）」同№3）、藤原不比等の侍女となったまゆりの危機を、葛城の神の化身となって首が助ける話（「夜の虹」『ボニータ』昭和五十九年八月号）などファンタジー要素が強い作品も多い。

巻を追うに従い、史と似たまなざしを持つという設定で史実に実在する藤原不比等が物語の中心的役割を占めるようになる。作品としては、但馬皇女・穂積皇子の悲恋物語が中心の「但馬皇女悲歌」（『ボニータ』昭和六十年三月号）、異母妹五百重（いおえ）との切ない恋物語や田辺大隅に引き取られる不比等の少年時代の話（「天離る月星」同昭和六十年五月〜八月）、大津皇子の変などをからめながら不比等が確固たる地位を築く姿を描いた「眉月の誓」（同昭和六十一年二月～昭和六十二年七月）、元正女帝が主人公の「天ゆく月船」（同平成元年三月号）などがある。

大伴氏関連の話として、穂積皇子が主人公で若かりし日の坂上郎女を描いた「晩蝉」（『Candle』昭和六十二年VOL7）、大伴家持を主人公にした妾・妻坂上大嬢との恋物語「初月の歌」（『ボニータ』平成元年十二月号・平成二年二・四・六月）がある。これらには、まゆり・不比等は登場しない。

SF的な古代歴史ファンタジー

長岡良子の作品は、万葉歌や記紀説話が、モチーフとして美しく幻想的・抒情的に溶け込んでいる（近江荒都歌「葦の原幻想」、神武天皇と伊須気余理比売命の説話「孤悲歌」、枯野伝説「枯野」、巻七近江県の万葉歌「飛火野幻想」等）。創作における万葉歌の理想的な享受のありかたと言ってよい。

また、山岸凉子「日出処の天子」の影響は当然として、萩尾望都「百億の昼と千億の夜」（原作：光瀬龍、秋田書店『週刊少年チャンピオン』昭和五十二年三十四号～昭和五十三年二号）・「銀の三角」（早川書房『SFマガジン』昭和五十五年十二月号～昭和五十七年六月号）・水樹和佳「イティハーサ」（集英社『ぶ～け』昭和六十二年～平成九年・平成十一年単行本で完結）などにみられるようなSFファンタジーの要素を、三輪山・葛城山・富士山などの土着信仰とうまく融合することによって、古代を俯瞰するような壮大な世界観を構築している。

そして、それらの土台を支えているのは、藤原不比等への愛着と、近江荒都に対するノスタルジアではなかろうか。
大手出版社の少女漫画誌が学園もののラブコメを主流とするなか、このような複雑なストーリーの作品を長岡が継続して発表できたのは、歴史ロマン・ファンタジー・SF・ミステリーを専門とする少女漫画誌を発行し続ける秋田書店の存在があったからこそと思われる。

 清原なつの「飛鳥昔語り」「光の回廊」――知られざる名作――

清原なつのは、岐阜県生まれの漫画家。昭和五十一年『りぼん』に「グッド・バイバイ」でデビュー。デビュー当時、金沢大学薬学部に所属しながら漫画を描き続けた。学生運動が盛んでキャンディーズが解散した頃であり、男子学生の間で少女漫画がブームとなっていた。清原の線の細いすっきりとした絵柄と、内省的で理屈っぽい独特な主人公が織りなすストーリーは、そうした男子学生の間でも評判となり、ファンの三割が男性だったという(7)。

「飛鳥昔語り」(集英社『りぼん』昭和五十三年七月号)

清原が漫画家として勤労学生であった新人時代、「大

清原なつの『飛鳥昔語り』Kindle版(ハヤカワコミック文庫刊)

学受験で日本史の勉強してた時から気になっていた悲劇の皇子[8]」をテーマに「飛鳥時代のお話を描きたいな……[9]」と描かれた作品である。

初期万葉最大の悲劇の主人公である有間皇子の話で、暗殺を恐れて狂人を装う悩み多き有間皇子が、偽る自分を捨てて現政権と対峙しようとし、謀反の罪で捉えられるという内容である。

掲載された集英社『りぼん』は、講談社『なかよし』、小学館『ちゃお』と並ぶ、三大小中学生向け少女漫画雑誌であるが、「いきなり古い時代物を描きたいと言ったのに特に反対もなく割と好意的でした」「それはりぼんの懐の深さ[10]」と後の担当者に言われたという。

しかし、「ラストでいきなりSFになっちゃう有間皇子の物語[11]」であり、少女漫画ではあり得ない結末であった。今日の一般的な少女漫画であったら破綻してしまうようなストーリー展開であるが、一九六〇年代・七〇年代のSFブームを背景に、清原なつのの独特な作風ゆえに作品として成立している。

大和和紀「天の果て地の限り」でも有間皇子の悲劇は大きく扱われているが、それより一足早い発表であり、万葉時代を舞台にした先駆的な作品といえよう。

「光の回廊」（集英社『ぶ～け』昭和六十三年九・十月号）

光明皇后を主人公にした作品。物語冒頭で、藤原宮子が首皇子（聖武天皇）の出産により気が触れた、空を飛ぶことを夢見る浮世離れしたキャラクターとして登場する。その異母妹として、現実世界で「空を飛びたい」と自分の子どもを男でも女でも天皇にすると、長屋王に対抗する気の強い女性として光明皇后は描かれている。

長屋王の優雅な邸宅生活を、ロココ家具に囲まれたヨーロッパ貴族の邸宅で表現したり、降る雪を一緒に見たかったと光明皇后が聖武天皇に贈った万葉歌を紹介する場面（小学館文庫版「光の回廊」一七八頁）で、「私をスキーにつれてって」と手書きでト書きするなど、ナンセンスでウィットに富んだノリが随所に見られる。

パーティーとして描かれる長屋王主催の宴の場面では、酒浸りの大伴旅人と山上憶良が、聖武天皇夫婦について「カカア天下」「臨書させると性格そのまんま」（同書三十一頁）と、正倉院に伝来する「楽毅論」に関する言及もある。蛇足となるが、清原自身の趣味や習い事を描いたコミックエッセイ「ヤマトナデシコ日和」（小学館・平成二十六年）の書道の回にも、美男子好きな設定の光明子が登場する。

長屋王を藤原四兄弟たちと倒して立后した光明皇后であったが、阿修羅像を制作するゾロアスター教徒で金髪碧眼の仏師カイに安らぎを感じ、愛してしまう。しかし、光明子は、カイには近親婚による妻と子がいることを知って利用されたと思い、嫉妬のあまり大島渚の映画「戦場のクリスマス」でデビット・ボウイ扮する英軍少佐のようにカイを生き埋めにして処刑する。非常に残虐な場面であるが、清原の淡白な絵柄ゆえに、主人公の悲しみのみが際だって見える。

物語後半は、東大寺大仏建立と共に物語が進行する。カイの遺児が後に華厳宗の高僧となる実忠（じっちゅう）（東大寺お水取りの創設者）として登場、美男の僧として光明子に取り入り復讐しようとする。しかし、光明子の死の間際、彼女が父を深く愛していたことを知り、彼女を許す。実忠の法話を聴いた光明子は、法華寺に阿弥陀浄土院を造営。カイの故郷である西域の浄土の楽園でカイとの再会を祈りながら静かに亡くなってゆく。

「清原なつの」というペンネームは、平安時代初期の貴族で『日本後紀』『令義解』の編纂に従事した清原夏野からとっている。日本史の勉強中にキレイな名前だと思ったが、出版社の担当から、「画数が多すぎる」「萩尾望都を目指すのか」と言われて平仮名にひらいたとのことである。(12)

六 里中満智子「天上の虹」「長屋王残照記」「女帝の手記」――大河ドラマになりうる作品――

日本を代表する漫画家である里中満智子。漫画以外の文化活動なども多岐に渡るが、「アリエスの乙女たち」「海のオーロラ」「あすなろ坂」といった百万部超のヒット作品によって、少女漫画が立ち入ることを避けていた大人の「愛」をテーマとして描いた先駆者である。(13)

里中満智子のライフワーク「天上の虹」

持統天皇を主人公にした「天上の虹」も、古事記や旧約聖書・ギリシャ神話など、スケールの大きな物語を数多く手掛けている里中ならではの作品で、歴史・運命に翻弄される男女の姿が描かれている。「あさきゆめみし」などが連載されていた十代後半の女性をターゲットにした講談社『mimi DX』に昭和五十八年十二月号から連載開始。十四巻以降は単行本への書き下ろしとなり、平成二十七年に完結。

里中満智子『天上の虹』(1)(講談社漫画文庫版・平成12年)

「いつか万葉集をマンガで書きたいと、それがスタートラインです。万葉の歌人たちとなるべく多くつながりがあって、しかもある程度長く生きた人でないと、その時代をずっと描けない。」(『里中満智子「愛のテーゼ」』高志の国文学館編・平成三十年)と、三十二年にわたって描かれた文字通りライフワークとなった作品である。

それまで悪役として扱われることが多かった持統天皇を、夫天武天皇への愛と共に、息子の草壁皇子や孫文武を育てることに苦労する自立した女性として造形している。少女漫画草創期には「あんみつ姫」や「りぼんの騎士」のような活発なヒロインが登場する「姫物マンガ」と呼ばれる作品群があったが(別冊太陽『少女マンガの世界I』三十頁・平凡社・平成三年)、そうした「姫物」を経て、大和和紀「天の果て地の限り」の額田王と同様に、女性の社会進出の機運のなか、必然的に生れたヒロイン像だと思われる。

また結末部分で、「古事記」の編纂者である太安麻呂（おおのやすまろ）を大津皇子の隠し子とする大胆な設定により、持統天皇にかかわる残忍な史実に対して物語として救済している。大塚英志は『戦後まんがの表現空間』（三〇四頁、宝藏館・平成六年）で、少女漫画読者は物語に接することで救済されることを切実に求めているとし、少女漫画の有する〈癒しの物語〉〈セラピー物語〉としての特性を指摘した。

そうした少女漫画のセラピーとしての役割は、前述した清原なつの二作品にも当てはまると思われる。物語の受け手である読者のみならず、作者自身も含めて物語によって救済され、癒されるのであろう。

「天上の虹」に続く作品「長屋王残照記」「女帝の手記」

平成三年に徳間書店より書き下ろしで刊行された「長屋王残照記」は、「天上の虹」続編として読むことが可能である。元明・元正女帝の時代の話で、長屋王が清廉潔白な主人公として描かれており、女帝たちの内面にも物語は踏み込んでいる。

「長屋王残照記」の後、物語は「女帝の手記」（読売新聞社・平成四年）へと続く。聖武天皇と光明子の娘で、孝謙（こうけん）天皇（重祚（ちょうそ）して称徳（しょうとく）天皇）が主人公の物語である。ヒロイン孝謙は、未婚の女帝という孤独に堪えられず、藤原仲麻呂に男として依拠するも、自分が仲麻呂にとって野望を実現する道具でしかないことに気づく。一方、仏の道を説く純朴で心優しいカウンセラーのような道鏡と出逢ったことにより真の愛に目覚め、仲麻呂を討伐。称徳女帝は道鏡を法王にし、さらには天皇にしようとしていたが、愛するが故に自分も道鏡を利用し、巻き込んでしまったと後悔。一人の女性として道鏡とともに生きたいと願い、道鏡を遠ざけたまま没する。

「天上の虹」のヒロインである持統天皇は、天武天皇との愛の勝者として、また自立した社会的成功者として描かれたのに対し、「女帝の手記」のヒロインである孝謙天皇は、未婚であるが故に仲麻呂に依拠し、身も心も支配される女として物語前半では描かれている。物語後半では、道鏡の純朴な人柄によって真の愛を知り天皇として自立するも、女帝の一途な愛は、藤原氏が自分を利用したように道鏡を利用してしまったと後悔する形で描かれている。そこには、未婚の女帝と道鏡をめぐる下劣な伝説が通説的に流布していることに対する作者里中の強い批判が込められている。

なお、里中満智子には、富山県が大伴家持生誕一三〇〇年を記念して家持を主人公とする漫画『言霊の人 大伴家持』の執筆が依頼されている。大伴家持を主人公とする漫画だが、様々な女性を描いてきた里中によって家持をめぐる女性たちがどのように描かれるか非常に楽しみである。

 異彩をはなつ作品

ここで、少女漫画のカテゴリーから外れる作品も紹介する。

少女漫画が男性漫画家にも描かれていた時代の作品として、**手塚治虫『火の鳥』**「鳳凰編」（虫プロ商事

『COM』昭和四十四年八月号～昭和四十五年九月号）が挙げられる。奈良時代を舞台にしたもので、大仏建立などその壮大なスケールは、現在もなお色あせない。なお、「ヤマト編」（同昭和四十三年九月号～昭和四四年二月号）はヤマトタケル伝承をモチーフにしており、「太陽編」（角川書店『野性時代』昭和六十一年一月号～昭和六十三年二月号）では白村江の戦い・壬申の乱も描かれている。

近藤ようこ「死者の書」（KADOKAWA『月刊コミックビーム』平成二十七年一月号～平成二十八年四月号）は、折口信夫の小説「死者の書」を漫画化した作品。一般的な少女・少年漫画とは異なる淡白な独特の絵柄は文楽世界のようなもので、読むものの想像力・理解力に立脚しなければならない。しかし、読者に課せることによって、日本幻想文学の傑作の再現が可能だったのである。

園村昌弘・中村真理子「天智と天武」は、青年漫画雑誌『ビックコミック』（平成二十四年十七号～平成二十八年十五号）にＢＬ要素の強い作品が連載されたことで話題となった作品。天智天皇・天武天皇兄弟の愛憎劇が描かれている。単行本表紙絵を半裸の男性二人をペアにする構図や、帯に「愛憎ああ、俺たちはひとつになれない!!」（第七集）など、編集方針によってＢＬ漫画を意識したものであった。「キャプテン翼」や「スラムダンク」などのヒットとともに、少女たちは少女漫画を離れて少年漫画を読むようになったが、彼女たちが大人になり、２０００年代以降、商業ＢＬ市場が拡大した。そうした流れを汲む作品として位置づけられる。

万葉的な世界観とは異なるが記紀の神話や説話を描いた作品として、「機動戦士ガンダム」のキャラクターデザイン・作画監督を務めた**安彦良和「ナムジ」**（徳間書店・平成元年八月〜平成三年十一月）・**「神武」**（徳間書店・平成四年六月〜平成七年三月）・**「蚤の王」**（講談社『モーニング新マグナム増刊』平成十三年十四号〜二十号）・**「ヤマトタケル」**(14)も挙げておきたい。

子ども人口の減少や晩婚化・非婚化が進むなか、漫画業界は様々な面でボーダレス化が進んでいる。そうしたなか、中村光「聖☆おにいさん」や「鬼灯の冷徹」のような、恋愛を抜きにした日常を舞台とし、少し専門性のある知識を盛り込んだユニセックスな作品がヒットするようになった。

また漫画市場も大きく変化している。大手出版社がお抱えのプロ漫画家によって商業雑誌を通じて作品を提供する形から、同人雑誌やネット・スマートフォンなど、出版社を仲介せず、個々の好みや嗜好に合わせて、個人が個人に向けて作品を提供できる時代となった。

発表媒体も、雑誌・単行本からスマートフォンへと比率が変化しつつある。出版社が発掘した新人を育成する形から、ネット上でバズった作品が、そのまま単行本として販売されることも増えた。大手出版社でもネットで作家を探すことが事業の大きな柱になってきているという（西炯子（けいこ）「マンガの明日を指すもの」二〇一九年文化庁メディア芸術祭マンガ部門審査講評）。

石川ローズ「あをによし、それもよし」（集英社『グランドジャンプPREMIUM』平成二十八年九月号〜平成三十一年一月号より『グランドジャンプむちゃ』連載中）は、ネット上の無料配信から口コミによって知名度があがり、令和二年には第二十三回文化庁メディア芸術祭マンガ部門審査委員会推薦作品となった作品である。現代のミニマリストの山上（やまがみ）が、ある日突然タイムスリップして小野老（おののおゆ）と同居し、奈良時代の質素な生活を満喫しながら山上憶良として生きる歴史コメディである。

「なろう系」（異世界転生モノ）的な要素も含め、バディもの・かわいい動物・専門的な内容のコメディ化など、ヒット作品にみられる要素がさりげく取り込まれている。ミニマリストという合理的思考のガツガツしない主人公像も、令和時代、共感をもって受け止められるだろう。

石川ローズ『あをによし、それもよし』1（集英社）

蘇に蜂蜜をかけたスイーツを登場させるなど、奈良時代の人々の日常生活がほのぼのとしたタッチで描かれており、近年話題となった古代史学や考古学研究の成果も取り入れられている。現代から持ち込まれたスマートフォンの充電に典薬寮の針師があたるなど、これまでの漫画では登場しなかった古代の行政機関も舞台となった。

典薬寮に関しては、平城京を襲った天然痘のパンデミックを描いた澤田瞳子の『火定』（PHP研究所・平成二十九年）でも施薬院と共に登場する。澤田瞳子は、同志社大学大学院博士前期課程を修了した奈良仏教史を専門とする多数の受賞歴を持つ歴史小説家である。『火定』はコロナ禍で再注目された作品であるが、専門性を武器にこれまでの古代歴史小説に、医療小説というジャンルを切り開いた。

里中満智子をはじめとし、前述した漫画家たちの作品には、黒岩重吾・永井路子・杉本苑子・三田誠広といった歴史小説家たちの古代史小説の影響が少なからずあると思われるが、今後発表される万葉時代を舞台とする漫画は、その専門性と共に女性ならではのリアルな視点を持つ澤田瞳子の古代史小説の影響を受けることになるだろう。

八 おわりに――令和の時代のなかで――

戦前戦中、戦争美化に利用された『万葉集』であったが、戦後の高度成長期の趣味や教養を高めようとする気運の中、『万葉集』はヒューマニティあふれる文学作品として扱われ、再びブームとなる。特に大阪大学名誉教授で高岡市万葉歴史館名誉館長でもあった犬養孝による万葉の故地をめぐる万葉旅行は、当時の旅行ブームと相まって、万葉ツーリズムとでもいうべきブームとなり、全国に万葉にちなんだ植物園や施設が公的機関によって建設された。

だが、万葉愛好家の高齢化も進み、公的施設は経営難に陥りつつある。大学でも、日本古典文学を専攻する学生・院生が減少し、研究者の育成もままならない状況にある。

そうした中、新天皇即位に際して、憲政史上最長となった安倍内閣は、新元号を「令和」と定めた。

この元号は、奈良県立万葉文化館長・高志の国文学館長等を歴任し、文化勲章受章者でもある中西進が考案したと目されている。

これまで中国古典籍を典拠としてきた元号だが、その典拠を日本の和歌集である『万葉集』に求めたことから、四月一日の発表直後から万葉ブームが巻き起こる。

当初、令和の「令」の字が「命令」の「令」の字であること、典拠である巻五「梅花の宴」漢序に影響を与えた『文選（もんぜん）』の張衡（ちょうこう）「帰田賦」が、政治腐敗に嫌気がさした役人の心情を綴ったものであることなどから物議を醸した。特に、品田悦一（よしかず）東京大学教授は、「万葉集『愛国』利用の歴史」（『朝日新聞』平成三十一年四月十六日）などインタビューに答え、激しい批判をおこなった。(15)

しかし、報道機関から身を隠して沈黙していた中西が一転して報道機関の取材に積極的に応じるようになった(16)。日本ペンクラブ副会長をつとめたリベラルな護憲派だった中西であるが、「令和」という元号に対して心情の原点にある戦争体験を語るなどして平和を説いた(17)。

そうした混迷をよそに、令和の典拠となった梅花の宴が開催された太宰府市をはじめ、全国の万葉故地では、即座に万葉にあやかるイベントが開催され、祝賀ムードの中、多くの人々が各々の故地に訪れるようになった。

参考までに記しておけば、高岡市万葉歴史館への来館者は前年度の五倍増となった。来館者の傾向としては、基本的には高齢者の占める割合が多いが、年齢層の幅が広がった。過去に何らかの形で『万葉集』に興味をもったことがある人がリピーターとして訪れるケースや、『万葉集』に全く興味がなかった人々も来館するようになった。

また、新元号発表から数ヶ月経過すると、文化・芸術に関わる人々が、各々が専門とするジャンルとの『万葉集』の親和性を感じて来館するようになる。

このように近代以降の『万葉集』の享受は、社会情勢・経済活動と密接に連動している。平安時代に貴族という限られた人々の中で享受されてきた時代とは異なり、ポピュリズムの中の文学作品として『万葉集』は置かれている。『万葉集』は、一部の文学研究者・文学愛好家の手を離れて、誰しもが自由に享受できる存在なのである。その享受のあり方は、良い意味でも悪い意味でも自由であり、単なる消費行為か文化的蓄積と捉えるかは、立場の問題であろう。

今やインターネットを通じて様々な『万葉集』が見られるようになった。江戸時代に、『万葉集』を庶民も読めるようにする役割を担った寛永版本万葉集は、国会図書館や国文学研究資料館、全国の大学図書館などが公開している。元暦校本万葉集など国立博物館所有の万葉集の諸写本の一部は高解像度データで公開されている。近年『万葉集』の本文研究で脚光を浴びている広瀬本万葉集は、乾善彦氏ら研究グループにより関西大学アジア・オープン・リサーチセンターによって GitHub 上で TEI ガイドラインに準拠した XML データとして公開が開始された。

そうした様々な公開が進む中で、ネット上に無料で見られる信頼性の高い文字テキストを元にした注釈書や現代語訳がないのが悩ましい。しかし、Kindleなどの電子図書では様々な注釈書が有料ではあるが読むことができる。学会誌や大学紀要に発表された『万葉集』に関する研究も、ネット公開が進んでいる。

にもかかわらず、ネット上には、現在の研究水準からすると的外れな俗説も流布しており、標準的な学説との区別がつかない。それも含めて『万葉集』の享受ではあるが、できることならば、まずはスタンダードな『万葉集』を知った上で、各々が求める『万葉集』の姿を探して欲しい。

鎌倉時代の仙覚（せんがく）の校本研究は、数多くの写本の流布と六条藤家ら歌道家による万葉学の進展によった。江戸時代の契沖（けいちゅう）も水戸藩の援助と印刷物となった『万葉集』の版本の流布なくしては、その研究は成立しなかっただろう。いつの時代の『万葉集』も、メディアの変革を契機に天才の出現によって飛躍的に進歩し、歴史の中に埋没しそうになるたびに復活した。

万葉の時代を舞台にした大河ドラマ・漫画・アニメなど、幅広い世代を対象にした多くの人々の共感に堪えうる作品を、機運を逃さず継続的に描ける作家の登場を待ちわびる次第である。

注1 小川靖彦『萬葉学史の研究』（おうふう・平成十九年）も参照されたい。

2 関根慶子『中古和歌集の研究』三九九頁（風間書房・昭和四十二年）、初出「源俊頼の新風和歌と万葉集」（『国語と国文学』昭和二十五年八月）

3　鳥井千佳子「源俊頼の和歌――古歌利用の方法をてがかりとして――」(『百舌鳥国文(大阪女子大学大学院国語学国文学専攻院生の会)』五号・昭和六十年十月)

4　初出「藤原定家『百人一首』自撰歌考――万葉摂取を中心に」(『国語と国文学』八一巻五号・平成十六年五月)・平成十八年度二松學舎大学人文学会大会口頭発表「中世歌人の万葉長歌摂取――源俊頼・藤原定家を中心に」(平成二年度中世文学界秋季大会口頭発表)

5　『よしながふみ対談集 あのひととここだけのおしゃべり』八十八頁(白泉社文庫・平成二十五年)、初出『小説ウィングス』2006年冬号(新書館・平成十八年)

6　『よしながふみ対談集 あのひととここだけのおしゃべり』三一五頁(白泉社文庫・平成二十五年)、初出『あのひととここだけのおしゃべり』(太田出版・平成十九年)

7　清原なつの『花岡ちゃんの夏休み』二六二頁(ハヤカワコミック文庫・平成十八年)

8　清原なつの『じゃあまたね完全版③』(デジタル版)一一六頁(集英社・令和二年)、初出は集英社グループ・ホーム社コミックポータルサイトComip「ねこねこ横町」(http://comip.jp/nekoyoko/ 平成三十年九月～令和二年五月配信)

9　注8・一〇二頁

10　注8・一一六頁

11　注8・一一八頁。この「1978年ニャ飛鳥(すか)昔語り」の回では、作品制作のため奈良へ取材旅行に行ったエピソードなどが語られている。

12　注8・六十一・二頁

13　米沢嘉博(よしひろ)「愛と涙と肉体と――里中満智子のメロドラマ」『戦後少女マンガ史』二四一頁(ちくま文庫・

平成十九年、初出新評社・昭和五十五年）

14 安彦良和「ヤマトタケル」（角川書店『サムライエース』VOL.1～10［平成二十四年六月～平成二十五年十二月］、KADOKAWA運営のWEB漫画サイト『ComicWalker』平成二十六年八月二十日～平成三十年六月二十日配信号）。なお、安彦良和は、「ヤマトタケル以降は考えていません。おもしろく想像をはたらかせて描けるのは古墳時代くらいまで。それ以降は間違ったこと書くと怒られるんです（笑）」と、インタビューに答えている（「安彦良和先生サイン会&トークショウレポート」『アニメイトタイムズ』平成二十九年六月十四日、https://www.animatetimes.com/news/details.php?id=1496740728）。

15 『短歌研究』に執筆した草稿が当雑誌の編集長の誤解から事前にネットに流出し、ツイッターで拡散して混迷した（品田悦一「東大教授が解説！「令和」から浮かび上がる大伴旅人のメッセージ」『現代ビジネス』令和元年四月二十日　https://gendai.ismedia.jp/articles/-/64241）。平成十三年に上代文学会賞を受賞した『万葉集の発明―国民国家と文化装置としての古典』（新曜社・平成十三年）の延長線上にある論説だったが、きつい論調と誌面等の制約のため物議を醸し、十月に『万葉ポピュリズムを斬る』（講談社）が刊行された。

16 「中西進氏、新元号・令和の考案者を否定『つくるのは神や天』」（『産経新聞』平成三十一年四月十四日）

17 「令和平和への祈りうるわしく国文学者・中西進さんに聞く」（『毎日新聞』令和元年六月十一日）、「時代の証言者～令和の心万葉の旅」（『読売新聞』令和元年十月十六日～十二月十一日）、『情熱大陸』（TBS系テレビ令和元年八月十八日放送）等。

＊テキストとその大意は以下のものを使用したが、私に改めところもある。

「古来風体躰抄」新編日本古典文学全集『歌論集』（小学館）・新日本古典文学大系『袋草紙』（岩波書店）

＊本文内における敬称は省略いたしました。

＊本稿執筆にあたっては、京都国際マンガミュージアム（京都精華大学国際マンガ研究センター研究員）の雑賀忠宏氏に少女漫画の研究史等に関する基本文献のご教示をいただきました。記して感謝申し上げます。

＊紙面等の都合により大幅に作品紹介を割愛した。合わせて当館紀要も参照されたい。

マンヨウノウタ 〜海を渡った『萬葉集』〜

——クラシック音楽と『萬葉集』・素描——

新谷秀夫

はじめに

なにかをきっかけにして『萬葉集』に親しむこととなった人は多いだろう。そのきっかけは人それぞれであるが、たとえばガーデニングが好きで、さまざまな花木を育てていた。ふとしたきっかけでその花木のなかに『萬葉集』に歌われているものがあると知る。ならば『萬葉集』にうたわれている花木をもう少し育ててみようと思い、『萬葉集』に親しむこととなった人がいるのではなかろうか。また、旅行が好きで、いろいろな場所を訪れていた。その訪れた場所が『萬葉集』ゆかりの地であることを偶然知り、ならばゆかりの地をもう少しめぐってみたいと思い、『萬葉集』に親しむこととなった人もいるであろう。きっかけとはそのようなものだと思うが、じつは高岡市には、そのきっかけとなるものがたくさんある。高岡市万葉歴史館は当然として、万葉小学校、万葉線という路面電車、万葉病院、万葉台やかたかご台と命名された団地、万葉寿しや都万麻（つまま）と命名された飲食店などの施設・店舗の名称にはじまり、『萬葉集』にちなむ菓子をはじめとする商品も数限りなくあって、街のいたるところで『萬葉集』にかかわるものを目にすることができる。さらに、高岡市内の小中学校では正月に「百人一首」のかわりに「越中万葉かるた」という越中時代の家持の歌を中心に作成された一〇〇枚のカルタを使ったカルタ大会が開かれているし、『萬葉集』の編纂者とされる大伴家持の銅像が七体もある。このような街はめずらしく、「なぜ？」という疑問を抱いて調べた結果、高岡市が「万葉のふるさと」であることをあらためて知ったという人もいると聞く。まさに「万葉のふるさと」そのものとも言うべき奈良でさえここまではいかない状況で、高岡市には『萬葉集』に親しむきっかけが、まさに《ころがっている》のである。

昭和五十五年三月、「高岡・射水モデル定住圏計画」の特例事業として「万葉のふるさとづくり」が盛り込まれ、翌五十六年から高岡市の第四次総合計画に「万葉のふるさとづくりの推進事業」が盛りこまれた。その後、

・昭和五十六年九月　第一回高岡万葉まつり、二上山と高岡駅前それぞれの家持像の除幕式

・昭和五十七年五月　万葉のふるさとづくり委員会が発足。その成果は『大伴家持と越中万葉の世界』（雄山閣出版刊　昭61・12）として公刊

・昭和六十年四月　家持を祀った大伴神社の選座祭と、大伴家持顕彰碑の除幕式

・昭和六十一年四月　高岡市総合計画第五次計画に「万葉まつりの充実」と「万葉歴史館の建設」が

・平成元年

盛りこまれる

市政百周年記念事業として野外劇「越中万葉夢幻譚」や「ラジオウォーク万葉」・「万葉サミット」を開催

という流れを経て、平成二年十月、いまとなっては《万葉のふるさと・高岡》の顔となっているふたつ、市民参加型イベント「万葉集全20巻朗唱の会」がはじまり、『萬葉集』をメインに据えた全国初の博物館「高岡市万葉歴史館」がオープンした。

このうち「万葉集全20巻朗唱の会」は、毎年十月の第一金・土・日に開催されており、『萬葉集』の一番歌から最後の四五一六番歌までを三昼夜にわたって《朗唱》するイベントである。いまはあまり問い合わされることはなくなったが、当初は「正しい朗唱の仕方を教えて」や「萬葉時代の朗唱の仕方を教えて」などの問い合わせが多かった。そのときはかならず「自由に朗唱していいのです」と答えていた。《正しい朗唱》の方法などあるわけでなく、このイベントのモットーは《自由に》であるから、へんに研究者が「朗唱の仕方は……」などと教示するべきではないと考えていた。その結果、世間でよく聞く百人一首読み、歌会始（うたかいはじめ）の朗詠の模倣、さらには故犬養孝氏がおこなっていた《犬養節》などにはじまり、童謡・民謡だけでなく演歌やヒット曲のメロディにまで乗せたり、詩吟調でおこなうなどで《朗唱》されている。まさに《自由に》である。その正否はともかくとして、『萬葉集』に親しむきっかけとしては十分な役割を果たしていると思われ、「万葉集全20巻朗唱の会」に参加して『萬葉集』の世界が楽しく感じられるようになったという人も増えたようである。同じような《朗唱》のイベントは鳥取市にある「因幡万葉歴史館」などでも開催されているし、奈良県明日香村にある「犬養万葉記念館」では、萬葉歌を歌詞に詠みこんだオリジナルソングを発表する「万葉の歌音楽祭」も開催されている。

ところで、じつはこの「万葉集全20巻朗唱の会」でよく耳にするメロディがある。地元では《「もののふの」のメロディ》と呼ばれることが多いのだが、

もののふの　八十娘子(やそをとめ)らが　汲(く)みまがふ　寺井(てらゐ)の上(うへ)の　堅香子(かたかご)の花　（巻十九・四一四三）

という越中時代の家持の名歌にメロディが付された歌がそれである。高岡市万葉歴史館のある伏木地区の伏木小学校やかたかご幼稚園・保育園ではこのメロディが愛唱されているし、「万葉集全20巻朗唱の会」のフィナーレでは、最後の四五一六番歌を会場にいるみんなで揃って朗唱するときにも使われている。そのためか、意外と「朗唱の会」の三日間のところどころで耳にする。

ところで、この《「もののふの」のメロディ》は、じつは高岡市が準備したものではない。すでに作曲され出版されているメロディだったのである。「高岡市万葉歴史館」や「万葉集全20巻朗唱の会」が高岡市において『萬葉集』に親しむ上で大きな役割を果たしているのはまちがいないと感ずるが、それと同じくらいに、じつはこの《「もののふの」のメロディ》も『萬葉集』に親しむきっかけとして大きな役

割を果たしていると思っている。そこで、本稿では、『萬葉集』に親しみ、楽しむきっかけとして音楽がひとつの役割を果たすのではないかという視点に着目して、とくにクラシック音楽を取り上げて、いささか卑見を述べてみたいと考えている。

「もののふの」のメロディ

さて、さきほど取り上げた《「もののふの」のメロディ》であるが、じつは富山大学教育学部で教鞭を執っていた黒坂富治(くろさかとみじ)の作曲によるものである。黒坂は、明治四十四年八月一日に現在の富山県下新川郡朝日町に生まれた。富山県師範学校本科第一部を卒業後、県内の尋常小学校で訓導として働いたが、昭和八年に東京音楽学校(旧制、現在の東京藝術大学音楽学部の構成母体)に入学。卒業後は、県内の女子師範学校、高等女学校、高等学校などで教鞭を執り、昭和四十一年に富山大学教育学部教授となる。昭和五十二年、定年により退官し(名誉教授となる)、平成六年十二月十九日に逝去された。多くの楽曲を作曲され、とくに校歌・社歌の類は県内に限らず全国的な広がりをもっているが、なかでも、富山県にゆかりのある『高志の歌』シリーズや、昭和四十年に文部省教育指導委員として沖縄に派遣されたゆかりからか、沖縄ゆかりの楽曲がある。

《「もののふの」のメロディ》は、『高志の歌』シリーズの第一作である「万葉編」におさめられている

（昭46・3刊、発行者は富山大学教育学部、編集は音楽教育研究協会）。この『高志の歌　万葉編』には九曲おさめられている。

1　渋谷の（ピアノ伴奏独唱　巻十六所収「越中国の歌四首」のなかの三八八二番歌に作曲）
2　馬並めて（ピアノ伴奏独唱　家持の巻十七・三九五四番歌に作曲）
3　天ざかる（ピアノ伴奏独唱　家持の「立山の賦」〔巻十七・四〇〇〇〜四〇〇二〕に作曲）
4　心には（ピアノ伴奏独唱　家持の巻十七・四〇一五番歌に作曲）
5　雄神河（ピアノ伴奏独唱　家持の巻十七・四〇二一番歌に作曲）
6　立山の（ピアノ伴奏独唱　家持の巻十七・四〇二四番歌に作曲）
7　之乎路から（ピアノ伴奏独唱　家持の巻十七・四〇二五番歌に作曲）
8　もののふの（ピアノ伴奏独唱、一部は三部合唱　家持の巻十九・四一四三番歌に作曲）
9　朝床に（ピアノ伴奏独唱　家持の巻十九・四一五〇番歌に作曲）

出版された『高志の歌　万葉編』の末尾に付された黒坂氏の論説「上代歌謡の現代的開眼——越中万葉歌の作曲——」によると、第一曲『渋谷の』を作曲したのは昭和十二年であり、この昭和四十六年版の前にも昭和二十九年七月に一度印刷され頒布されたようだ（未確認）。さて、第八曲におさめられているのが《「もののふの」のメロディ》と呼ばれている楽曲である。カタカゴが風に揺らめくさまを表現したようなピアノの三連符が響くなか、穏やかなメロディで家持の名歌が歌われる。この楽曲が伏木地区の学校で愛唱されているのは、おそらく富山大学教育学部にて黒坂の薫陶を得た教え子が教鞭を執っていたことによると思われるのだか、それを証する記録や証言は得られなかった。

なお、この『高志の歌　万葉編』以外にも萬葉歌に作曲していたことが、平成七年十一月に開催された「黒坂富治先生追悼演奏会」のパンフレットで確認でき、

・越中国歌『大野路は』（『高志の歌　万葉編』と同じ発行者・編集で昭48・3刊）

・碑歌『荊波の』（未見）

などがある。前は『高志の歌　万葉編』の第一曲と同じ巻十六の「越中国の歌」のなかの一首（三八八一）に作曲されたもので、独唱曲と合唱曲がある。後はおそらく富山県砺波市池原にある荊波神社境内に建つ巻十八・四一三八番歌の歌碑（昭41・10建立）に関わる作曲と思われるが、残念ながら未見であり確証はない。

ところで、『高志の歌　万葉編』におさめられた九曲は、やや歌唱するのに難しさを感ずる楽曲もあるが、いずれも富山県で生まれ育った者の作品らしく、それぞれの萬葉歌にふさわしい形で作曲されている。だからこそ、いわゆる《「もののふの」のメロディ》以外もぜひ愛唱されればと願っているが、なかなか難しいようだ。

さて、高岡市万葉歴史館に勤務する関係で、富山県ゆかりのものを取り上げたが、じつはこれ以外にも日本の作曲家が『萬葉集』に付曲したものがたくさんある。家持の「陸奥国(みちのくに)に金(くがね)を出(い)だす詔書(せうしよ)を賀(ほ)く

歌」（巻十八・四〇九四～四〇九七）の長歌の一部を使用した有名な『海行かば』を作曲した信時潔に、憶良の巻五・八〇二、八〇三番歌に作曲し、全日本合唱コンクールの課題曲ともなった『子等を思ふ歌』（作曲年未詳）や、夏痩せの知人に鰻を勧める家持の巻十六・三八五三、三八五四番歌に作曲した『痩人を嗤ふ歌二首』（作曲年未詳、昭8出版）、巻一・二番歌の舒明天皇の歌に作曲した『やまとには（國見の歌）』（昭14作曲　翌年の紀元二六〇〇年の奉祝記念関連行事でも演奏）などの合唱曲がある。また、因幡万葉歴史館開館にあわせて、因幡ゆかりの豪族の末裔である伊福部昭氏によって作曲された『因幡万葉の歌五首』（平6作曲）などもある。このふたりの作曲家以外にも、管見に及ぶ範囲では、柴田南雄、新実徳英、西村朗、別宮貞雄、細川俊夫など、世界的にも著名な日本の作曲家たちが『萬葉集』をもとにした作品を発表している。毎年発表される日本の作曲家たちの作品は数多く、そのなかから『萬葉集』を中心とした和歌に関わる作品を選別しながら調査・研究するのはなかなか手間がかかり、いささか収拾が付かない状況にあるのが現状である。そのため、いまそのすべてを列挙することはできないが、いずれ日本の作曲家たちの『萬葉集』ゆかりの作品についての論稿を発表したいと考えており、いまは状況説明程度で措いておく。

三　クラシック音楽のなかの『萬葉集』

平成十六年四月、高岡駅前に高岡市生涯学習センターが開館した。そのホールを使って、高岡市民文化振興事業団（事務局事業担当）共催で「マンヨウノウタ～海を渡った万葉集～」という、いささかマニアックなコンサートを開催したことがある。それまでにも同様なコンサートがどこかで開催されていたかもしれないが、高岡市では初の試みであった。「ホールを使って、なにか万葉のイベントはできませんか？」という事務局事業担当者からの投げかけに対して、ずっと胸のうちにしまっていた企画を提案したのがこのコンサートであり、ある種採算を度外視した企画だった。もともと音楽専攻であった関係で、それなりにクラシック音楽に詳しかったし、学生時代には吹奏楽団や合唱団などに所属したり、声楽をはじめとする音楽の訓練も受けていたので、高岡市にやってきてからも「高岡市民音楽祭」の舞台に毎年立たされていた。そのようななかで、現在自分が専攻する『萬葉集』と幼いころから続けてきた音楽が結びつかないかとずっと考えていたことを形にしてみたのである。まったく入客は見込めないだろうと思っていたが、幕を開けてみると、大入り満員とはいかないが、意外にそれなりの入客があったので、少し安堵した記憶がある。ところで、このようなある種無謀な企画を進めたきっかけは、ある楽曲の存在を知ったことだった。

さて、コンサートは二部に分かれ、第一部は「万葉集をうたう」と題して歌曲を、第二部は、きっかけとなった楽曲を中心としたチェロの独奏であった。

・第一部「万葉集をうたう」

1　ストラヴィンスキー作曲『日本の3つの抒情詩』

2　ショスタコーヴィチ作曲『日本の詩による6つのロマンス op.21』より3曲

3　アイネム作曲『16葉の日本の詩 op.15』より8曲

・第二部「万葉集を奏でる」

1　ホヴァネス作曲『YAKAMOCHI op.193-2』

2　J・S・バッハ作曲『無伴奏チェロ組曲第2番　ニ短調　BWV.1008』

第二部二曲目のバッハの曲は、当日演奏してくださった、当時オーケストラ・アンサンブル金沢の主席チェロ奏者だったルドヴィード・カンタ氏の選曲であり、まったく『萬葉集』とは関わりない。ただ、一曲目の『YAKAMOCHI』を演奏したあとにふさわしいと判断された選曲だと思われる。さきに言及したこのコンサートを開催するきっかけとなったのが、この『YAKAMOCHI』という楽曲である。無伴奏チェロによる組曲形式の楽曲であるため、具体的にどの『萬葉集』歌からイメージされたかは不明だが、『YAKOMOCHI（家持）』と題されていることが、ずっと気になっていたのである。当時すでに楽譜は絶版であったが、事業担当者が偶然ヨーロッパの古楽譜を扱うサイトで見つけてくれたおかげで、このコンサートを開催することができた。この家持を素材とする楽曲については次節で取り上げるので、ここでは第一部の歌曲を取り上げてみたい。

さきほど、近年日本の作曲家が発表する『萬葉集』をもとにした作品について調査・研究中だと述べたが、これは日本だけでなく、海外の作曲家についてもおこなっている。そのなかから、三人の作曲家の作品を選んで実演したのが、第一部「万葉集をうたう」である。じつは、この三人以外にも『萬葉集』に付曲した作曲家はおり、それらの一部は井上和男編『クラシック音楽作品名事典〈第3版〉』（三省堂刊平21・6）で確認できる。ただ、「作品名事典」と銘打つように、この事典はあくまでも「作品名」を一覧するものであり、その内容について詳細に記述することはない。それでも、どのような楽曲があるかを調べることができるので重宝していたが、近年購入したCDのライナーノートを読んでいると、まったく作品名からは推定もできない楽曲のなかに、『萬葉集』ゆかりのものが存在することを発見することが増えた。発売されるすべてのCDを購入して調査するなど到底できないが、なんらかのヒントが得られそうな作品が入っているCDはできるだけ購入し、調査している。その成果の一部が、このコンサートで演奏した三曲である。アイネムを知っている人は少ないかもしれないが、前の二人は、それなりにクラシックを聞いている人ならば周知の作曲家であろう。これ以外にも、たとえばイッポリトフ＝イワーノフ（Mikhail Mikhailovich Ippolitov-Ivanov 1859–1935）というロシアの作曲家に『5つの日本の詩op.60』という作品があるが、紀友則の歌を基にしていたり、管楽器作品を数多く作曲したドイツの作曲家ダンツィ（Franz Danzi 1763–1826）にも『日本の8つの歌』と題する作品があり、こちらは『百人一首』が中心となっているなど、和歌全体に広げると、意外に多くなる。そして、この時のコンサートでは――当時はチェコ語の楽譜しか入手できなかったため――取り上げなかったが、チェコ出身の作曲家マルティヌー（Bohuslav Martinů 1890–1959）に『ニッポナリ（Nipponari）―日本の和歌による7つの歌―H.68』という楽曲がある。ちなみに「ニッポナリ（Nipponari）」というタイトルは「日本也」に由来すると言われている。さて、七曲のうち二曲が『萬葉集』を基にしたもので、一曲は額田王の歌（巻一・八）、もう一曲は大津皇子の歌（巻二・四一六）と推定されるが、それ以外の歌は平安時代以降の歌で、本歌を推定するのが難しいものが多い。『萬葉集』の歌二首はなんとなく本歌をたどることができたが、それ以外は、基となった日本の和歌を翻案しているために、たとえば額田王歌を基にした楽曲のタイトルが「青い時（Modrá hodina）」、大津皇子は「聖なる湖で（U posvátného jezera）」となっていて、ほとんど原型をとどめていないので、なかなかこの和歌であると断定することがむずかしい。さらに、作曲のもとになった詩は、ドイツ語に翻訳されたものをチェコの詩人イリ・カラーセク（Jiří Karásek ze Lvovic 1871–1951）がチェコ語に翻訳したもののようで、後述するハンス・ベートゲの訳詩集『日本の春』と共通するものは推定しやすいが、『日本の春』にないものも多い上に、チェコ語に翻訳する基のドイツ語の詩集がまったく不明のため、現在のところ、あくまでも推定するしかない状況にある。

さて、そのようなまだまだ中途半端な調査状況のなかで、ある程度推定できたのが、さきの三人の作品である。まず、ロシアの作曲家ストラヴィンスキー（Igor Fyodorovich Stravinsky 1882～1971）の『日本の3つの抒情詩』について述べてみたい。

この『日本の3つの抒情詩』は、シュプレヒシュティンメ（Sprechstimme・歌と朗読の中間）と特殊な室内楽編成の伴奏によるシェーンベルク（Arnold Schönberg 1874-1951　十二音音楽発案者）の『月に憑かれたピエロ（Pierrot lunaire）』（一九一二年作曲）をベルリン試演で聴き、その新しい音の世界に惹かれて、同じ年にサンクト・ペテルブルクで出版されたブランタ（Aleksandr Nikolayevich Brandt）によるロシア語訳『日本の抒情詩』のなかから三つのテキストを選んで、一九一三年にシェーンベルクと同じ室内楽編成の伴奏によるこの楽曲を作曲した。

1. Akahito（山部赤人）

白い花が咲いた。私の庭まで見に来てください。でも、雪が降った。どれが花か雪のかけらか私にはわからない。

【本歌】わが背子に　見せむと思ひし　梅の花　それとも見えず　雪の降れれば

（巻八・一四二六）

2. Mazatsumi（源当純）

春が来たのか。硬い氷が砕けてかけらとなって、激しい水の流れに漂い浮かんでいる。それらは、喜びに満ちた白くて美しい春が来る知らせを運ぶ最初の花だ。

【本歌】谷風に　とくる氷の　ひまごとに　うち出づる波や　春の初花　（『古今和歌集』巻一）

3. Tsaraiuki（紀貫之）

遠くでかすかに白く光るものは何か。山の中腹にかかるたんなる小さな雲か。いや、満開なのだ、桜の花が。やっと来たのだ、春が。

【本歌】桜花　咲きにけらしも　あしひきの　山の峡より　見ゆる白雲　（『古今和歌集』巻一）

いずれも春の情景を描いた詩に作曲しているが、じつは『萬葉集』ゆかりのは一曲だけである。なぜコンサートの一曲目にこの楽曲を選んだのか。そこにはふたつの理由があった。

ひとつは、音楽的に三曲が密接に関係していて、切り離すことができないことである。一曲目で、ゆるやかな春の足音を奏でるピアノにのって「でも、雪が降った」と歌っている部分と、2曲目で、硬い氷が砕けて激しさを増した早春の流れをあらわすピアノの上で「春が来た」と歌う部分は、まったく同じ音型で歌われている。そして、桜が咲いて春爛漫となった光景を、やや東洋風に描くピアノ伴奏の三曲目は、少し変形した音型で「いや、満開なのだ、桜の花が。やっと来たのだ、春が」と歌う。つまり、一曲一曲がバラバラなのではなく、三曲で「日本の春」の移り変わりを描いているのである。そして、それよりも重要なふたつ目の理由は、この楽曲が、音楽事典などに載る有名な作曲家のなかで日本の《和歌》にいちばん最初に曲をつけたものだと考えられる点である。

一八五五年から一九〇〇年にかけて、五回「パリ万博」が開かれた。とくに一八七八年に開催された万博は、ヨーロッパで日本ブームを巻き起こすきっかけとなったのである。モネに代表される画家やドビュッシーに代表される作曲家たちが、日本の浮世絵の構図や描き方に強く影響されたことは有名なことであろう。それがこの年の万博である。この日本ブームは《ジャポニズム》と呼ばれ、当時のヨーロッパの芸術を考える上で重要なキーワードのひとつとなっている。

この《ジャポニズム》は、美術工芸や音楽だけでなく、少し遅れてではあるが、文学の分野でも巻き起こることとなる。そのきっかけとなったのが、詩人であり、同時に翻訳家でもあったドイツ人のハンス・ベートゲ（Hans Bethge 1876–1946）が『萬葉集』から江戸時代くらいまでの日本の和歌のアンソロジーをドイツ語訳して一九一一年に出版した『日本の春（Japanischer Frühling）』であった。ただ、たんなる翻訳ではなく、本歌を翻案して韻律も崩した形で、まったくあらたな詩となっている特徴がある。この『日本の春』は、すぐさまほかのヨーロッパ諸国でも翻訳されたようで、すぐ翌年にロシアで翻訳されて出版されている（既述したブランタによるロシア語訳『日本の抒情詩』）。このロシア語訳を見たストラヴィンスキーは、当時浮世絵に強く惹かれていたようで、すぐさまこの翻訳詩集に注目して『日本の3つの抒情詩』を作曲した。これが、おそらく日本以外でいちばん最初に日本の《和歌》に作曲された曲になるようである。その第一曲が萬葉歌人・山部赤人というのは、「マンヨウノウタ」と題するコンサートの幕開けとしてふさわしいと当時は考えていた。

このベートゲの『日本の春』のロシア語訳『日本の抒情詩』を基に、ストラヴィンスキーと同じように作曲を試みたのが、ストラヴィンスキーと同じくロシア（ソヴィエト）の作曲であるショスタコーヴィチ(Dmitry Dmitrievich Shostakovich 1906～1975）の『日本の詩人の詞による6つのロマンス』である。

この『日本の詩人の詞による6つのロマンス』は、最初の三曲は一九二八年、第四曲は一九三一年に、第五曲と第六曲は一九三二年に作曲されている。本来はオーケストラ伴奏の歌曲集だが、のちにピアノ伴奏版が作られた。最初の三曲だけはさきのストラヴィンスキーの『日本の3つの抒情詩』と同様に、一九一二年出版の『日本の抒情詩』からテキストが選ばれているが、残りの三曲に関しては、今だに本歌もロシア語翻訳者も不明である。作曲当時のショスタコーヴィチは最初の妻となる女性以外にも複数の女性と交際していた時期なので、「日本の詩人の詞」に名を借りて、みずからの複雑な思いをこめてみずから作詩したと考えている研究者もいるが、さだかではない。なお、第一曲「恋」は、『古事記(こじき)』神話のなかの、大国主神(おおくにぬし)が高志(こし)の国（いまの北陸）の姫神である沼河比売(ぬなかわひめ)に求婚したときに詠んだ歌が本歌となっている。また、第三曲「慎みなき眼差し」の本歌は十八世紀の作者不明の歌のようである。なお、コンサートでは『萬葉集』を本歌とする第二曲、出典不明の第五曲、第六曲を取り上げたが、ここでは第二曲のみ取り上げておく。

2. Vor dem Selbstmord（辞世）

木の葉はもの憂げに舞い散り、濃い霧は池を覆い隠す。清らかな磐余の池に野鴨たちはおびえたように鳴いている。陰鬱な思いが私の心を支配し、胸は締めつけられる。一年ののち、ふたたび鴨の鳴き声が響きわたろうとも、私は聞くことはないだろう。

【本歌】百伝ふ　磐余の池に　鳴く鴨を　今日のみ見てや　雲隠りなむ（大津皇子　巻三・四一六）

ところで、ベートゲの『日本の春』では、一〇四首の日本の和歌が訳されている。そのうちの約四分の一が『萬葉集』の歌が本歌だと推定されている。「推定されている」というのは、たとえば萬葉歌人で言うと、額田王・柿本人麻呂・山上憶良・高橋虫麻呂・大伴家持などの名前がわかっている歌人以外に、「作者不明」と記されている歌がこの訳詩集にはたくさん含まれているからである。そのうちのどれだけが『萬葉集』の歌なのか、まだまだ調査・研究されていないのが現状であり、実数をはっきりと掲げることはできない。

また、『萬葉集』に限って言うと、教科書などにも取り上げられるような有名歌人以外に、たとえば石川女郎や藤原広嗣といった歌人の歌も翻案されており、訳詩集『日本の春』が出版されるにあたって参考とした日本の本が何だったのかという興味もわいてくる。実際、すでに掲出した本歌と翻案された詩を見比べていただきたい。用例は少ないが、和歌の意味をしっかりと理解した上で翻案したのではないかと思われる場合もあることに気づかされるのである。

『日本の春』が出版されたのは一九一一年、日本で言うと明治四十四年にあたる。明治時代にドイツに留学した日本人はたくさんいた。たとえば森鷗外や、日本の言語学発展に大きな役割を果たした上田(うえだ)萬年(かずとし)もドイツ留学をしている。この上田萬年は『萬葉集』研究にも造形が深かったことを考えると、もしかすると『日本の春』に関わったかと考えたくもなるが、留学期間（明治二十三年～二十七年）からすると無理である。『日本の春』はドイツ文学の分野においてもほとんど研究されていないようであり、まだまだよくわかっていない事がたくさんあり、出版の参考としたものがなにかについては今後の課題としたいと考えている。

さて、この『日本の春』から十六の詩を選んで作曲したのがオーストリアの作曲家アイネム（Gottfried von Einem 1918～1996）の『16葉の日本の詩』である。コンサートでは、『萬葉集』由来の八曲を取り上げたが、残る八曲はいずれも平安時代の歌人の歌で、凡河内躬恒(おおしこうちのみつね)・小野小町(おののこまち)・和泉式部(いずみしきぶ)・藤原敦忠(あつただ)などが選ばれている。ただ、たとえば小町の場合は「うたたねに恋しき人を見てしより夢てふものは頼みそめてき」という有名な歌、敦忠は「逢ひ見てののちの心にくらぶれば昔はものを思はざりけり」という『百人一首』の歌というように、選んでいる歌はどれも名歌とされる歌ばかりである。

この『16葉の日本の詩』は一九五一年に作曲された。ちなみに「16葉」と名付けられているのは、各曲がいずれも楽譜の一～二ページ（見開き＝一葉）に収まるように作曲されているからである。作曲当時のアイネムにとって日本は未知の国であり、なんら縁もゆかりもなかったようだが、文学に対する彼の優れた感性が『日本の春』を選ばせ、その詩から得たインスピレーションをそのまま音にしている。コンサートでは、萬葉歌人の歌を本歌とする曲を八曲選んだ。

1. Heimweh（郷愁）

夜がとばりをおろし、薄暗い海原に霧が一面にたなびき、暗闇で鶴がくぐもるような声で悲しげに呼び交わしているのを聞くと、故郷が思い出されて、つらさで胸が痛い。

【本歌】海原に　霞たなびき　鶴が音の　悲しき宵は　国辺し思ほゆ

（大伴家持　巻二十・四三九九）

5. Die Wartende（待ちわびて）

私の真っ黒な髪に、老いによる白い霜が置くまで、私は一生涯ずっとずっとあなたを待って、待って、待ち続ける以外のことはしたくはない。私のこの真心を愛してください。

【本歌】ありつつも　君をば待たむ　うちなびく　わが黒髪に　霜の置くまでに

（磐姫皇后　巻二・八七）

6. Trübes Lied（沈む思い）※ショスタコーヴィチの第2曲と同じ詩である。

木の葉はもの憂げに舞い散り、濃い霧は池を覆い隠す。清らかな磐余の池に野鴨たちはおびえたように鳴いている。陰鬱な思いが私の心を支配し、胸は締めつけられる。一年ののち、ふたたび鴨の鳴き声が響きわたろうとも、私は聞くことはないだろう。

【本歌】百伝ふ　磐余の池に　鳴く鴨を　今日のみ見てや　雲隠りなむ（大津皇子　巻三・四一六）

8. Liebeswerbung（愛の告白）

籠を持った美しいすらりとしたお嬢さん、スコップを持った美しいすらりとしたお嬢さん、この丘でせっせと薬草を摘んでいるのですね！私に教えてください、あなたの家がどこにあるのかを、お願いだから。そして、あなたの名前を言ってごらん！日本という国のことごとくが忠実に従う、私こそが支配者なのです！そして、私は心から望んでいるのです、あなたを妻として家に連れて帰るのを。愛しいお嬢さん！お願いだから、あなたが誰なのか、さあ、私に教えてください！

【本歌】籠もよ　み籠持ち　掘串もよ　み掘串持ち　この岡に　菜摘ます子　家告らせ　名告らさね　そらみつ　大和の国は　おしなべて　我こそ居れ　しきなべて　我こそいませ　我こそば　告らめ　家をも名をも（雄略天皇　巻一・一）

9. Immer wieder（いつの日も）

私はわかっているわ、あなたに会うための努力がすべて無駄であることを。それなのに、いつの日も私はそこに出かけて行って、あなたを見つけられればと期待している。私が心安らかになれる場所はどこにあるのだろう、それは私のかなわぬ望みなんだわ。

【本歌】思ひにし　あまりにしかば　すべをなみ　出でてそ行きし　その門を見に

（作者未詳　巻十一・二五五一）

11. Bitte an den Hund（犬よ静かにして）

夜にあの人が葦垣の上をかきわけ、そっと乗り越えて私のところへいらっしゃるときに、犬よ、しっかりわきまえておくれ。一声も出さずに、家族にあの人のことを知らせないでおくれ。事のわけはよくよくかぎわけておくんだよ、かわいい犬よ。

【本歌】葦垣の　末掻き別けて　君越ゆと　人にな告げそ　事はたな知れ

（作者未詳　巻十三・三二七九）

13. Leichtes Spiel（戯れに）

女心をつかむのにこんなに簡単なことはない。梅の花の甘い香りのすぐそばで、心の奥底まで愛の歌と笛の音を聞かせて惑わせばよいのだから。

【本歌】年のはに　梅は咲けども　うつせみの　世の人我し　春なかりけり

（作者未詳　巻十・一八五七）

15. Einsam（孤独）

わびしくも、金鶏の長い尾のように果てしなく長い、この夜をひとりで寝ていると、山の向こうから響く金鶏の澄んだ声が聞こえる。わびしい…わびしい…

【本歌】あしひきの　山鳥の尾の　しだり尾の　長々し夜を　ひとりかも寝む

（作者未詳　巻十一・二八〇二の或本歌、百人一首では柿本人麻呂歌）

たとえば五曲目が磐姫皇后、六曲目は、さきほどのショスタコーヴィチも曲をつけていた大津皇子、八曲目は『萬葉集』の冒頭を飾る雄略天皇の歌、そして、十五曲目の基となった作者未詳歌は、のちに人麻呂歌として『百人一首』にも取り上げられた有名な歌というように、アイネムが選んだ萬葉歌は、『萬葉集』を愛好する人なら誰もが知っている歌が多い。「アイネムが『萬葉集』をよく知っていたから」と言いたいところだが、さきにも述べたようにアイネムの優れた文学に対する感性が、これらの萬葉歌を選ばせたようである。

ここで注目したいのが、ベートゲの『日本の春』の翻案のレヴェルの高さである。九曲目の「いつの日も」は、萬葉歌だけではわかりづらい内容をちゃんと補った翻案になっている。また十一曲目「犬よ静かにして」は、本歌の前にある長歌の最後に「床敷きて　あが待つ君を　犬な吠えそね」と歌っている内容までもふまえて翻案しているのである。このような様態こそが、さきにも触れたベートゲが、日本の和歌をどのようにして知ったのかを考えるヒントになると考えている。

ただ、十三曲目だけは、従来指摘されてきた萬葉歌と翻案された詩がまったく違っている。おそらく本歌とされている萬葉歌に間違いがあると思われるが、いまは従来の研究成果のまま記して措く。

さて、長々とコンサートで演奏した流れで取り上げてきたが、西洋のクラシック作曲家にも『萬葉集』が取り上げられていたことを少しく述べてきた。その背景には一九一一年に出版されたベートゲの『日本の春』が大きな役割を果たしていたことはまちがいない。ただ、そのベートゲが和歌を翻案するにあたり、さきに取り上げたアイネムの十一曲目のように、その和歌だけでは翻案できないような様態で訳詩されていることは看過できない。この点は今後の課題として、いましばらく研究を続けたいと考えている。ちなみにベードゲは、オーストリアの作曲家マーラー（Gustav Mahler 1860-1911）の『大地の歌』（一九〇八年作曲）で使われた漢詩のドイツ語訳『中国の笛』（なお、マーラーに限らず多くの作曲家が素材として使用している）を一九〇七年に出版した人物であり、西洋音楽における東洋趣味を考える上で重要な役割を果たしたことはまちがいないことを付言しておきたい。

 さいごに――「YAKAMOCHI」をめぐっての謎――

コンサート第二部の一曲目に演奏したアメリカの作曲家ホヴァネス（Alan Hovhaness 1911-2000）の

『YAKAMOCHI』をめぐる謎について最後に記しておきたい。

吹奏楽に関わった人ならば周知のホヴァネスは、父方の故郷であるアルメニアをはじめ、インド・韓国・日本などの東洋の音楽やルネサンス以前の音楽に傾倒し、異国趣味に宗教的・神秘性の加わった独自の作風で知られている。彼は、一九五〇〜一九六〇年代に数回フルブライトやロックフェラーといった財団の奨学金を得て、雅楽などの古い日本音楽の研究のため来日している。とくに一九六二年から一九六三年にかけては日本で雅楽（篳篥、竜笛、笙）および長唄、浄瑠璃（三味線）を学んだようで、その成果は、たとえば『世阿弥による瞑想（Meditation on Zeami）』（一九六三年作曲）や『浮世（Ukiyo）』（一九六四年作曲）などのオーケストラ曲や、西芳寺を見て感動して作った『苔の庭（Moss garden）』（一九五四年作曲、六〇年改訂）などの、日本を題材としたいくつかの作品としてあらわれている。したがって、一九六五年に作曲された『YAKAMOCHI』も、そのような来日の折に『萬葉集』について学んだ——もしかすると『萬葉集』についての情報を得た程度かもしれないが——成果だと思われるが、それを示す記録・文献が確認できないでいる。

曲は、アダージョ・エスプレッシーヴォの指示のもと、全体がピアノおよびピアニッシモという静かさで進む第一曲「前奏曲（Prelude）」、アレグロの指示のもときわめて早いパッセージやトレモロをくり返す第二曲「ジャーラー（Jhala）」、アレグロの指示のもとに三連符と十六分音符のパッセージが続く第三曲「間奏曲（Intermezzo）」、アンダンテの指示のもとタイトルそのままの動きをとる第四曲「トレモロでグリッサンド（Tremolando Glissando）」、そして最後にラルゴの指示のもと低音域からハーモニックス奏法による高音域までチェロが静かに動く第五曲「レクイエム（Requiem）」からなる。

タイトル『YAKAMOCHI』に「suite in praise of a poet（ひとりの詩人を讃える組曲）」と記されているだけで、なぜ『YAKAMOCHI』と題されているのか、それぞれの楽曲は何を、と言うか、どの歌をイメージして作曲されているのかは、まったく譜面には記されていない。現在インターネットなどで検索できるホヴァネスの情報でも、この楽曲について触れたものはない。執筆時点でこの楽曲はCD化されていないので、この『YAKAMOCHI』について現在どれほど研究が進んでいるかもわからない。コンサートの舞台袖でカンタ氏のチェロ演奏を聴きながら、ホヴァネスはいったい家持の何を描こうとしたのかについて思いをはせていたが……いまもって謎のままである。早くCD化されることを望むが、多作家であるホヴァネスの作品のなかで、直接的に『萬葉集』に関わるのが、この『YAKAMOCHI』だけであるのも興味深いと思っている。

最後に、『萬葉集』そのものの研究もまだまだわからないことが多く《楽しい》と思うことが多い。また、若いころから小稿をいくつも発表してきた『萬葉集』の享受・伝来の研究も《楽しく》てやめられないと思っている。そして、じつはいままでひとつも公表してこなかった筆者の《楽しみ》のひとつは、このクラシック音楽と『萬葉集』との関わりを調査することなのである。前節で取り上げた用例のように『萬葉集』そのものに作曲された例ではないが、ホヴァネスの『YAKAMOCHI』のような純粋器楽曲も調査対象にしながら、クラシック音楽のなかにあらわれる『萬葉集』を調査・研究するのは――『萬葉集』そのものの享受・伝来の研究の一部として捉えることもできるかもしれないが――《楽しい》と思いながら、少しずつ進めている。

なお当初は、本文中では楽曲の原詩を原語で引用すべきと考えていたが、今回はその原詩を日本語に訳したもので示したことを海容願いたい。その折には、それぞれの楽曲がＣＤ化されたなかから国内盤を中心に参考としつつ、自分なりの訳としたことを付記しておく。なお、和歌の引用は小学館刊『新編日本古典文学全集』に拠るが、適宜引用の表記を改めたところがある。

編集後記

高岡市万葉歴史館では毎年、『万葉集』や古代史などの研究者の方々をお招きして「高岡万葉セミナー」を開催している。そして、その講演内容を『高岡市萬葉歴史館叢書』として刊行してきた。しかし、昨今の緊縮財政のなかで一施設が、『高岡市萬葉歴史館紀要』、『高岡市萬葉歴史館叢書』、『高岡市万葉歴史館論集』という三つの定期刊行物を継続するのは困難となり、やむなく昨年度から『叢書』を廃刊し、高岡万葉セミナーの講演内容は『論集』に取り込むこととなった。本年度も、「万葉を楽しむ」をテーマに九月七日に開催したセミナーの講演を二編の論攷としていただき、二十冊目の論集『万葉を楽しむ』を刊行するはこびとなった。

万葉を《楽しむ》方法は人それぞれであろう。『万葉集』そのものを《楽しむ》のは当然として、《楽しむ》きっかけとしてさまざまな素材を活用している人もいると思う。そこで、『万葉集』を《楽しむ》論攷を中心に、近代短歌との関わりを論ずる論攷や少女漫画やクラシック音楽との関わりを取り上げた論攷などを加えて、まさにそれぞれの執筆者の《楽しむ》姿を垣間見ることができるものとしてまとめたのが本論集『万葉を楽しむ』である。なお、ご多忙にもかかわらず、高岡万葉セミナーでの講義だけでなく、その内容をあらためてまとめていただいた先生方に深謝申し上げたい。

『高岡市万葉歴史館論集』を刊行して二十年目となった。『叢書』廃刊の上にさらに、となったことはきわめて残念だが、所期の目的を果たしたものとして、今回をもって『論集』を終刊とする。

末筆ながら、出版不況とも言われているなか、高岡市万葉歴史館論集の刊行を引き受けていただいた池田圭子代表取締役をはじめとする笠間書院の皆さまには、深甚なる謝意を申し上げたい。

令和二年三月

「高岡市万葉歴史館論集」編集委員会

執筆者紹介（五十音順）

影山尚之　一九六〇年大阪府生、関西学院大学大学院文学研究科博士課程後期課程単位取得退学、武庫川女子大学教授。『萬葉和歌の表現空間』（塙書房）、『歌のおこない　萬葉集と古代の韻文』（和泉書院）、「坂上大嬢に贈る歌―距離の感覚と作品形象―」（『萬葉』227号）ほか。

坂本信幸　一九四七年高知県生、同志社大学大学院修士課程修了、高岡市万葉歴史館館長、奈良女子大学名誉教授。『万葉事始』（共著・和泉書院）、『セミナー万葉の歌人と作品』（全12巻）（共編著・和泉書院）、『萬葉集CD-ROM版』（共編・塙書房）、『萬葉拾穂抄影印翻刻』（全4冊）（共著・塙書房）、『萬葉集電子総索引（CD-ROM版）』（共編・塙書房）ほか。

新谷秀夫　一九六三年大阪府生、関西学院大学大学院修了、高岡市万葉歴史館学芸課長。『うたわれた富山湾』（日本海学研究叢書・富山県）、『越中万葉うたがたり』（私家版）、「藤原仲実と『萬葉集』」（『美夫君志』60号）、「「掲乱」改訓考」（『萬葉語文研究』4集）ほか。

鈴木崇大　一九七七年福島県生、東京大学大学院単位取得退学、高岡市万葉歴史館研究員。「「歌」を「思」ということ――山部赤人の伊予温泉歌――」（『上代文学』115号）、「王を詠む」（『美夫君志』100号）、「人文学についてのレポート」（『高岡市万葉歴史館紀要』第30号）ほか。

関　隆司　一九六三年東京都生、駒澤大学大学院修了、高岡市万葉歴史館主幹。「大伴家持が『たび』とうたわないこと」（『論輯』22）、「藤原宇合私考（一）」（『高岡市万葉歴史館紀要』第11号）ほか。

田中夏陽子　一九六九年東京都生、昭和女子大学大学院修了、高岡市万葉歴史館主任研究員。「武蔵国防人の足柄坂袖振りの歌」（『高岡市万葉歴史館紀要』17号）、「万葉集におけるよろこびの歌」（同20号）ほか。

松村正直　一九七〇年東京都生、東京大学文学部ドイツ文学科卒、歌人。歌集『紫のひと』（短歌研究社）、評伝『高安国世の手紙』（六花書林）、評論集『樺太を訪れた歌人たち』（ながらみ書房）、『戦争の歌』（笠間書院）ほか。角川「短歌」に「啄木ごっこ」を連載中。

高岡市万葉歴史館論集 20

万葉を楽しむ

令和 2 年 3 月 25 日　初版第 1 刷発行

編　者　高岡市万葉歴史館 ©

装　幀　笠間書院装幀室

発行者　池田圭子

発行所　有限会社　**笠間書院**

〒 101-0064　東京都千代田区神田猿楽町 2-2-3

電話 03-3295-1331(代)　振替 00110-1-56002

印　刷　太平印刷社

NDC 分類：911.12

ISBN 978-4-305-00250-1

乱丁・落丁はお取り替えいたします。

https://kasamashoin.jp/

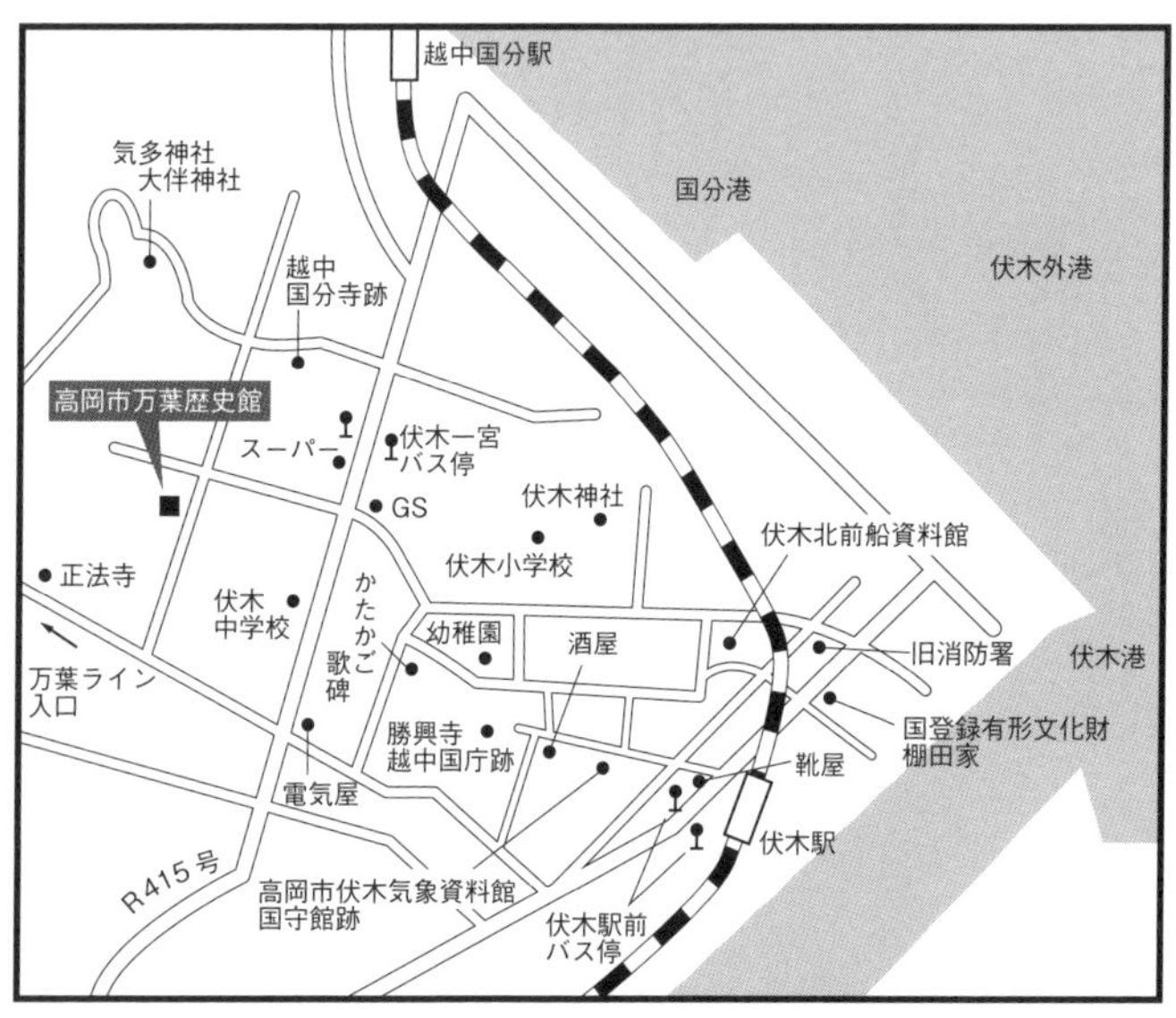

高岡市万葉歴史館

〒933−0116　富山県高岡市伏木一宮1-11-11
電話 0766-44-5511　FAX 0766-44-7335
E-mail：manreki@office.city.takaoka.toyama.jp
http://www.manreki.com

交通のご案内

● JR・あいの風とやま鉄道高岡駅から

【バス】加越能バス伏木方面（西回り）・伏木方面（東回り）のいずれかに乗車（30分）し「伏木一の宮バス停」で下車、徒歩約７分

【タクシー】約20分

※「北陸新幹線新高岡駅」と「JR・あいの風とやま鉄道高岡駅」の間は、10分間隔でバス便があります。（所要時間約10分）

◆高岡市万葉歴史館のご案内◆

高岡市万葉歴史館は、『万葉集』に関心の深い全国の方々との交流を図るための拠点施設として、1989（平成元）年の高岡市市制施行百周年を記念する事業の一環として建設され、1990（平成２）年10月に開館しました。

万葉の故地は全国の41都府県にわたっており、「万葉植物園」も全国に存在していました。しかしながら『万葉集』の内容に踏みこんだ本格的な施設は、それまでどこにもありませんでした。その大きな理由のひとつは、万葉集の「いのち」が「歌」であって「物」ではないため、施設内容の構成が、非常に困難だったからでしょう。

『万葉集』に残された「歌」を中心として、日本最初の展示を試みた「高岡市万葉歴史館」は、万葉集に関する本格的な施設として以下のような機能を持ちます。

【第１の機能●調査研究機能】『万葉集』とそれに関係をもつ分野の断簡・古写本・注釈書・単行本・雑誌・研究論文などを集めた図書室を備え、全国の『万葉集』に関心をもつ一般の人々や研究を志す人々に公開し、『万葉集』の研究における先端的研究情報センターとなっています。

【第２の機能●教育普及機能】『万葉集』に関する学習センター的性格も持っています。専門的研究を推進して学界の発展に貢献するばかりではなく、講演・学習講座・刊行物を通して、広く一般の人々の学習意欲にも十分に応えています。

【第３の機能●展示機能】当館における研究や学習の成果を基盤とし、それらを具体化して展示し、『万葉集』を楽しく学び、知識の得られる場となる常設展示室と企画展示室を持っています。

【第４の機能●観光交流機能】１万m^2に及ぶ敷地は、約80％が屋外施設です。古代の官衙風の外観をもたせた平屋の建物を囲む「四季の庭」は、『万葉集』ゆかりの植物を主体にし、屋上自然庭園には、家持の「立山の賦」を刻んだ大きな歌碑が建ち、その歌にうたわれた立山連峰や、家持も見た奈呉の浦（富山湾）の眺望が楽しめます。

以上４つの大きな機能を存分に生かしながら、高岡市万葉歴史館はこれからも成長し続けようと思っています。

高岡市万葉歴史館論集　各2800円（税別）

①水辺の万葉集（平成10年3月刊）
②伝承の万葉集（平成11年3月刊）
③天象の万葉集（平成12年3月刊）
④時の万葉集（平成13年3月刊）
⑤音の万葉集（平成14年3月刊）
⑥越の万葉集（平成15年3月刊）
⑦色の万葉集（平成16年3月刊）
⑧無名の万葉集（平成17年3月刊）
⑨道の万葉集（平成18年3月刊）
⑩女人の万葉集（平成19年3月刊）
⑪恋の万葉集（平成20年3月刊）
⑫四季の万葉集（平成21年3月刊）
⑬生の万葉集（平成22年3月刊）
⑭風土の万葉集（平成23年3月刊）
⑮美の万葉集（平成24年3月刊）
⑯万葉集と富山（平成28年3月刊）
⑰万葉の生活（平成29年3月刊）
⑱大伴家持歌をよむⅠ（平成30年3月刊）
⑲大伴家持歌をよむⅡ（平成31年3月刊）
⑳万葉を楽しむ（令和2年3月刊）

別冊ビジュアル版　各1000円（税別）

①越中万葉をたどる　60首で知る大伴家持がみた、越の国（平成25年3月刊）
②越中万葉を楽しむ　越中万葉かるた100首と遊び方（平成26年3月刊）
③越中万葉をあるく　歌碑めぐりMAP（平成27年3月刊）

笠間書院